*Diga toda a verdade
– em modo oblíquo*

Carmen L. Oliveira

*Diga toda a verdade
– em modo oblíquo*

Rocco

Copyright © 2012 *by* Carmen L. Oliveira
Todos os direitos reservados.

Direitos desta edição reservados à
EDITORA ROCCO LTDA.
Av. Presidente Wilson, 231 – 8º andar
20030-021 – Rio de Janeiro – RJ
Tel.: (21) 3525-2000 – Fax: (21) 3525-2001
rocco@rocco.com.br | www.rocco.com.br

Printed in Brazil/Impresso no Brasil

Diagramação: FA Editoração Eletrônica

CIP-Brasil. Catalogação na fonte.
Sindicato Nacional dos Editores de Livros, RJ.

O46d   Oliveira, Carmen L.
           Diga toda a verdade – em modo oblíquo /
        Carmen L. Oliveira. – Rio de Janeiro: Rocco,
        2012.

           ISBN 978-85-325-2732-5

        1. Conto brasileiro. I. Título.

                  CDD – 869.93
11-8140   CDU – 821.134.3(81)-3

Para Myre

Marina, Serena, Luiza e Fernanda

Ana Duarte

Sumário

Uma temporada na aldeia | *9*
Vila dos mistérios | *21*
A maestrina e suas meninas | *31*
A cedilha | *41*
Coração ingrato | *55*
Arribação | *65*
Cardiopatia | *81*
Diga toda a verdade – em modo oblíquo | *93*
A Grande Autora e sua escudeira | *109*
La Colorina | *121*
Ciranda das sambalelês | *133*
1840 | *147*

Uma temporada na aldeia

Papoilas-rubras
nos trigais maduros

– Florbela Espanca

O longo tecido negro ia ondulando à sua frente. O salto das botinas também negras aparecia quando a saia subia. A maleta negra balançava para frente e para trás, na medida dos passos vigorosos da avó. Ela era alta, magra, com um coque impecável. Para acompanhá-la, a menina precisava ir aos saltitos, a forma mais divertida de caminhar. Seguia como uma cabritinha, contente pela oportunidade de passear com a avó, apesar da distância imposta pelas duas velocidades. Ela adorava aquela avó. A avó andava assim depressa porque ia acudir uma camponesa que estava doente. Ia aplicar ventosas. A menina não suspeitava o que ventosas poderiam ser. Aquela avó era muito generosa, espécie de madre e juíza da aldeia. Na aldeia não havia igreja nem tribunal. Um touro feria um camponês – lá ia ele a casa dela, para que o costurasse. Um casal estava aos sopapos – lá ia buscar o conselho da senhora do Sossego.

A camponesa morava longe, a avó trotava célere, a menina aos saltitos. Dos dois lados da trilha, papoulas-vermelhas sorriam, cúmplices, em seus canteiros espontâneos. A vida era alegre e bela. Embora algumas nuvens estivessem se reunindo para conspirar contra tanta beatitude. Talvez o vento as dissipasse. A menina já tinha notado que na aldeia ficava mais visível o desafinado entre os poderes celestes. Com consequências às vezes danosas para os debaixo, duas nuvens brigavam e craque!, descia um raio que fulminava um pinheiro, cheinho de pinhas, coitadinhas. O vento ficava furioso e arremetia contra as janelas que, pobres, ficavam se debatendo. As tias corriam para segurá-las, clamando por Nossa Senhora dos Aflitos.

A avó tinha duas filhas, solteiras, que não estavam mais na hora de casar. Não encontraram marido. Não eram fidalgas mas, sendo a avó matriarca, não podiam se casar com camponeses. Eram lúgubres, indispostas uma com a outra. Tinham atribuições específicas: uma dava couve para as galinhas, a outra recolhia galhos para o forno. Dormiam numa cama de casal. A menina foi instalada no quarto delas. Antes de dormir, elas corriam o rosário, em falas alternadas e incompreensíveis. Ave Maria não sei o quê, não sei o quê... cotovelada... Santa Maria não sei o quê, não sei quê... amém! Ave Maria etc. Se elas não interrompessem a cantilena com as cotoveladas e a súbita retomada da ladainha, por certo a menina conseguiria dormir. Não tinha formação religiosa, não sabia o que era rosário, nem amém. Ave para ela era passarinho. Pensava que era outra maluquice daquelas duas. Durante o dia elas se espicaçavam: Que fazes? És parva?

A avó terminou o tratamento justo na hora em que as gotinhas começaram a cair. Ela tomou a menina pela mão e a conduziu, praticamente voando, para a casa. Borboleta. Mal tinham entrado, a tempestade desabou. Trovões, relâmpagos, chuva pesada, janela batendo, o de sempre. As tias pedindo clemência e, se a menina entendeu direito, perdão. A avó ficou sentada, as mãos no regaço, era velhinha, aquela corrida não tinha sido pequena. Depois se encaminhou para o canto onde estavam os galhos e disse: vou aquecer o forno. Vamos fazer pão. O que ameaçava ser um temporal gigantesco, subitamente parou. Bátega, definiu a avó. Ameaça mas depois desiste. E as papoulas, o que aconteceu a elas? A vida é assim, filha (chamava a neta de filha), uma hora alegria, em outra tristeza. Se aquelas papoulas não resistirem, elas vão morrer e nascerão outras tão belas quanto.

A menina queria que a avó não morresse nunca.

A talha, pediu a avó. E começou a trabalhar a massa para o pão. O pão saía do forno de pedra, dele saía uma fumaça, que saía por uma chaminé. Quando se chegava à casa de pedra, se avistava a chaminé e a fumaça. Sinal de que tinha lenha acesa para a comida. Comer era tão bom!

As tias abriram as janelas, a luz entrou. A mais baixa foi ver se alguma galinha tinha posto ovo. A mais alta foi preparar o lampião, pois em breve estariam em total escuridão. Cabia tudo no coraçãozinho da menina: tias, forno, lampião, galinha, ovo. Mas nada se comparava com o que sentia pela avó. Parecia que a avó tinha brotado do mesmo chão onde respiravam oliveiras e papoulas. Ela fazia parte daquele lugar.

Após a chuvarada, apoiou-se em um burrico exausto um homenzinho vestindo um traje marrom. Imediatamente a tia mais baixa começou a jubilar: O cura! É o cura! A tia mais alta fez shish e advertiu: É um homem, mas não se esqueça de que é um padre. A outra fez um muxoxo. As duas encaminharam o maltrapilho para dentro da cozinha, que o forno aceso aquecia. A avó foi dar comida para o burrico. Pobrezito.

O padre visitava as aldeias para batizar, casar e dar extrema-unção. Aproveitava para comer a galinha mais gorda, a leitoazinha mais macia e beber muito vinho, que a região era vinícola. Todos os camponeses vinham beijar sua mão, menos um, Manoel – rufião, segundo assegurou a tia mais baixa. Ele jurava que o tal padre iria figurar entre os punidos pela gula num círculo no inferno. NO INFERNO, bradou. Os aldeões fizeram toques nervosos no peito, uma aldeã teve um faniquito e os mais velhos grunhiram o que à menina pareceu desagrado. O sanfoneiro buscou o sacerdote para provar os biscoitinhos insuperáveis de sua mulher.

O burrinho ficou lá. A menina se aproximou dele, fez um afago. Ele tinha as orelhas abaixadas, olhos muito tristes. Não havia equinos no local. Todos andavam a pé, mesmo os pastores que guardavam as ovelhas. Os pastores eram todos meninotes. Saracoteavam tocando gaita.

Os adultos cuidavam dos vinhedos e depois da feitura do vinho. No dia em que as uvas eram pisoteadas no lagar, os homens vinham em desfile, com o sanfoneiro à frente, cantando canções másculas. A garotada pulava em torno da procissão. As mulheres lavavam os pés e pernas cabeludas dos pisoteadores, que começavam a pisar nas uvas em rodopio, continuando com a cantoria. O sanfoneiro não parava.

O líquido era canalizado para um recipiente, de onde era armazenado em barris de carvalho. Os barris ficavam numa cabana própria, com um cheiro fortíssimo. Quando o vinho tivesse madurado, explicou a tia mais alta, era repartido proporcionalmente entre todas as casas.

Essa tia mais alta era esquiva. A mais baixa disse, uma tarde em que estava recolhendo gravetos com a menina, que ela era triste porque não tinha nada para fazer. Não queria fazer tricô. Na cozinha não ia se meter, pois era o reino da mãe. Ela aprendeu as letras sozinha. Mas raramente um primo distante lhe trazia um livro para ler. Esses livros falavam de miséria e de desengano. Ela ficava mais triste. Manifestou a vontade de participar da colheita da uva, mas a ideia foi rejeitada, porque não era próprio a uma herdeira da casa do Sossego.

A mais baixa era um sargento. Meteu-se a ensinar a salve-rainha à menina, que tinha cinco anos, não sabia ler nem escrever. Algumas das palavras dessa prece não faziam qualquer sentido para ela. Salve, misericordiosos, degredados, desterro, clemente. Passou a repetir essas palavras quando estava esperando um ouriço de castanha cair da árvore do vizinho, pois a tia tomava a lição todo dia. Ela ficava muito brava quando a menina embaralhava em volvei. Tu não és parva. Aprende! Acabou decorando tudo, mas sem ter noção do que estava pedindo. Para ela, sua Salve Rainha era sua avozinha querida.

A avó concordou com que a menina fosse, acompanhada por uma aldeã sensata, assistir à ceifa do trigo. Era fim de tarde. As mulheres ceifavam as plantas e, agachadas com as foices, ficavam invisíveis, dando a impressão de que o trigo estava tombando sozinho. Os homens recolhiam o trigo em feixes e os colocavam em carretas puxadas por bois. Enquanto isso, mulheres e homens cantavam, as melodias se mesclando às cores do crepúsculo. Amarelo do campo de trigo, cores rubras do crepúsculo, vozes femininas e vozes masculinas eram a sinfonia pastoral.

Os olivais estavam prenhes e novamente a menina assistiu ao dueto entre mulheres e homens, dessa vez malicioso. Os homens trepavam nas oliveiras, as mulheres estendiam seus aventais para onde eles atiravam as azeitonas. Vozes masculinas: As raparigas de hoje, ai, meu rico chico chico, andam loucas pra casar... Vozes femininas: Esses rapazes de hoje, ai, meu rico chico chico, não têm vergonha nenhuma...

Essas manifestações coletivas de alegria enquanto se trabalha provocavam sensações de júbilo na menina. Mas a experiência da cata às castanhas era uma atividade solitária que provocava outro tipo de júbilo.

Ela pegava uma cestinha e se dirigia para a fronteira entre o terreno da casa do Sossego e o vizinho. O vizinho tinha uma castanheira tão enorme, mas tão enorme, que vários dos galhos tombavam para a casa da avó. A menina ficava sentada por um longo tempo, esperando que um ouriço caísse. Depois que uns dois tinham caído, ela voava para a casa, gritando eufórica peguei, peguei. Os ouriços tinham que ser abertos imediatamente e oh, glória, havia duas ou até três castanhas em um só ouriço. Quem encontrava duas castanhas na mesma casca proclamava: Filipina! Na manhã seguinte, quem fosse a primeira pessoa a dizer Bom-dia, Filipina fazia jus a um prêmio. A menina ficava louca para participar da brincadeira, mas não podia, porque era miúda. As irmãs acordavam de madrugada e usualmente gritavam a saudação ao mesmo tempo. Era empate, ninguém ganhava nada. Certa manhã, a avó fez uma surpresa: deu Bom-dia, Filipina quando as três estavam dormindo. Resultado: pediu de presente plantas para quando a primavera retornasse.

A avó explicou que em breve chegaria o inverno, que tinham que se preparar para meses de escassez. A tia mais alta pegou um machado e foi cortar nacos do pinheiro que tinha sido fulminado pelo raio. Lenha para o forno. A menina quis ir junto, pois quase não tinha contato com a tia triste. A tia explicou que parte da verdura seria utilizada para aromar a cozinha. A menina entrou na casa carregando um ramalhete de cheiro bom. A tia mais baixa foi buscar a madeira.

A seguir as irmãs foram colher ameixas e marmelos. Tudo a menina observava, sempre perguntando para quê, com a resposta verás. Em pouco tempo ela viu que as ameixas tinham virado compotas e os marmelos, geleia. Tudo foi guardado na despensa, onde estava defumando um pernil de porco, que exalava um cheiro inebriante. Num cesto, estavam nozes. Em outro, castanhas. A menina começou a achar que o inverno era uma coisa gostosa.

Uma tarde, bateu palmas um rapaz. A própria senhora veio atender. Era o dono de uma quinta nas proximidades, que vinha trazer um regalo. A menina viu duas aves dependuradas no cinto do rapaz, que tinha um chapéu lindo, com uma pena espetada mais linda. Trouxera duas perdizes que caçara. A menina achou o rapaz formoso e as perdizes, tristes, de cabeça para baixo. A avó agradeceu e pediu à mais baixa para ir buscar uma compota de ameixa fresquinha para ele. Quando ele se foi (suspiros contidos, pois eis um guapo pretendente), a avó pediu à mais baixa para depenar as perdizes.

A menina raciocinou que a mais baixa era a mais prendada, por isso a avó a solicitava mais. A mais alta não reclamava de nada, mas pouco cooperava. Seus olhos claros pareciam vaguear longe dali. A menina gostava dela, assim mesmo. Embora a tia mais baixa tivesse tricotado um gorro para ela para quando o inverno chegasse.

O inverno chegou. Que frio! As quatro ficavam perto do forno, única fonte de aquecimento. A lenha, armazenada numa pilha, era reposta continuamente. À noite, colocava-se uma bacia com carvões ardentes, senão não se conseguia dormir. A menina esperava o amém e corria para a cama das tias, enrolando-se entre elas. Ó filha, elas a abraçavam. A menina descobriu que nada como um corpo humano para trazer calor.

A menina conheceu a neve e os uivos que os lobos gritavam de frio, segundo a avó. As janelas não tinham vidro, então não era possível espiar o mundo lá fora. A avó dizia que os passarinhos estavam encolhidinhos uns nos outros, pois nasciam sabendo que o contato físico é que aquece.

Um dia apareceu um vento que a avó chamou de propício, uma brisa. Todas saíram de casa para receber flocos de neve. As quatro foram enroladas em mantas felpudas, usando luvas e botas forradas de lã, capuz de lã. Fazia frio, mas os flocos caíam com uma leveza que pareciam os dedos da avó quando acariciavam o rosto da menina.

A menina queria ver um passarinho de perto. Passada a neve, a tia mais alta a levou até um muro de pedras. Segurou-a até o alto, para que ela pudesse espiar um ninho com dois filhotinhos, peladinhos, de bico aberto. Chamando a mãe, que foi buscar comida, explicou a tia. Vamos descer, senão a mãe chega e fica aborrecida conosco.

Antes que a menina julgasse, os pais retornaram de seu turismo. E tinham que partir imediatamente. A menina disse adeus aos pais. E se abraçou às pernas da avó.

Houve doutrinação, ameaças, imposições, mas a menina estava decidida – não sairia da casa da avó. Os pais perderam a paciência, como é costume entre pais contrariados por filhos, e resolveram arrastar a menina para o carro. A menina resistia com os pés, torcia a coluna, chamando Minha avozinha, minha avozinha. A avó sentiu-se impotente, como é costume entre as avós diante dos filhos que têm filhos, e se retirou para casa. O grito minha avozinha rasgou a campina onde pastavam as serenas ovelhas. Do olho da tia mais alta rolou uma lágrima.

Vila dos mistérios

Por que as estrelas não
são redondas como o sol?
Por que temos sulcos
nas palmas das mãos?
Por que a galinha cacareja
quando põe um ovo?

— *Tesouro da Juventude*

Na vila onde eu morava, as duas casas que davam para a rua eram espaçosas. Na casa de Dona Cecê tinha até uma goiabeira. Na casa do outro lado não morava ninguém. A dona tinha morrido e os cinco filhos souberam, pelo testamento, que deixara a casa para os cachorros.

Uma cachorrada, comentara Dona Nena, cujo sarcasmo na época me escapou.

O certo é que todas as plantas da varanda definharam, os comigo-ninguém-pode renderam-se às pragas.

Todas as outras casas eram alugadas por um só proprietário, que se apresentava para recolher os aluguéis, anunciando-se sempre por Olá.

Cada casa tinha sala, quarto, cozinha, onde cabiam pia, um paneleiro de ferro, um filtro de barro e um banheiro sem chuveiro. Também uma área cimentada, onde cabia um tanque serviçal. E as constantes lamúrias de minha mãe, pela falta de lugar para pôr a roupa para corar.

Nossa casa e a da vizinha eram geminadas. Quer dizer, o que se produzia de lá se ouvia de cá e vice-versa. Minha mãe tinha ódio dessa vizinha, porque ela havia violado um regulamento ditado pelo proprietário, a saber, que era proibido subalugar. Pois a dita vizinha, uma senhora idosa casmurra, alugara o quarto da casa para um jovem. Pouca vergonha, exclamava minha mãe, uma viúva morando com um rapaz. As coisas ficaram pretas quando a vizinha maldita resolveu instalar um galinheiro na área. Isso garantia um fedor permanente no lado de cá. O galo, segundo minha mãe, cocoricava antes do tempo. Maldição, protestava minha mãe, batendo roupa no tanque. Eu gostava de ficar prestando atenção à falação das galinhas. Colava o ouvido no muro e aprendi quando o có-có mudava. Ora estavam irritadas por arranhar o cimento em busca de minhocas em vão. A fome tornava os có-cós mais dramáticos. Após os pri-pri da vizinha, atirando-lhes milho, seguiam-se suspiros de prazer galináceo. Eu sorria.

 Torcia pelo dia em que uma delas chocasse os ovos, trazendo à luz pintinhos frágeis e dourados. Sonhava acariciar um em minha mão. Os piu-pius deles eram flautinhas afoitas. Desafiando o ambiente de deuteronômio de minha casa, preparei-me para bater à porta da maldita e pedir um pintinho de presente. Passam-se alguns dias e cessaram os adoráveis piu-pius. Dona Nena disse que a vizinha tinha vendido os pintinhos, trocando por sabão. Aquilo, sim, era maldição.

 Na falta do que fazer, sequestrada dentro da sala da casa, resolvi esclarecer com minha mãe quem era a Santa Isabel do pórtico da vila. Pedalando como louca e por isso no habitual mau humor, ela respondeu que santa para ela só Nossa Senhora da Paciência. Esses sarcasmos me escapavam.

Fui então perguntar a Dona Nena. Não era teimosia, era curiosidade mesmo. Dona Nena abaixou o rádio, em que tocava a sua, a nossa, favorita Emilinha Borba, e explicou que era uma princesa que liberou os escravos. Por isso virou santa? Eu era insaciável. Fui me exibir para a professora, que desmentiu: aquela princesa era outra. A Isabel do pórtico era uma rainha portuguesa que virou santa, de tão boa que era.

Dona Nena morava no outro lado da avenida, com sua filha Esterzinha e seu marido. O pai de Esterzinha trabalhava num bar, saía antes de voltarmos da escola e só voltava de madrugada. Nem eu nem Esterzinha víamos Seu Lopes.

Toda manhã, enquanto passava o esfregão no chão ou batia a roupa do tanque, Dona Nena colocava o rádio na janela e ligava bem alto, para escutar. Resultado: a vila inteira batucava. Sempre o mesmo programa, em que desfilavam os sucessos do momento. Se é pecado sambar, cantava Dona Nena, animada. E acompanhando com movimentos vigorosos, É um me pega, me solta, me deixa sambar até morrer. Minha mãe às vezes batia a janela com estrondo.

Minha mãe costurava para fora. O ruído ranheta do pedal da Singer povoava minha manhãs. Minha mãe não permitia que eu saísse, porque Dona Nena era uma desmiolada, e eu estava proibida de chegar perto da casa de Dona Cecê. Por quê? Não interessa por quê.

Tinha permissão para dar uma olhada da janela do quarto. Dali várias vezes vi o menino que morava na casa que fazia fronteira com a vila empinar uma pipa, com puxões vigorosos para ela subir. Era uma cena tocante ver um pedaço de papel fino querer chegar até as nuvens. E o menino era um imperador, comandando a ascensão daquela ave arisca. Meu maior anseio era o de soltar uma pipa. Depois de muita hesitação, fiz a minha mãe a descabida pergunta. Não. Por quê? Porque não, não é coisa de mulher, ela respondeu, estilhaçando minha viagem.

Por acordo mútuo, apesar das restrições de minha mãe, ela e Dona Nena se revezavam para buscar e levar à escola Esterzinha e eu. Minha mãe não sabia que todo dia, enquanto esperava Dona Nena fazer as tranças de Esterzinha, ela conversava comigo. Fazia perguntas: se eu gostava de macarrão, se na minha casa tinha rádio. E respondia sim, não. Outras vezes ela era a repórter da vila, para minha delícia. Uma porção de gente vinha bater na porta verde de Dona Cecê para receber passes. Como assim? Eu pensava, mas não perguntava. Aliás, Cecê era o apelido de Dona Iracema. Na verdade cecê era uma titica debaixo do braço. Dona Nena me seduzia.

As coisas mudam, é incrível. Quem acabou se aproximando de minha casa foi exatamente Dona Cecê. Um dia, acordei com o pescoço em chama. Coçava e doía sem parar. Minha mãe me levou ao farmacêutico, que foi taxativo. É cobreiro. Para isso não há remédio. Só benzedura.

Passei dias naquela agonia, pois nem morta minha mãe iria falar com Dona Cecê. Dona Nena, a amável, interveio. Dona Cecê me atendeu do lado de fora da casa. Era uma mulher corpulenta, com olhos esbugalhados. Trazia uma faca na mão.

Confesso que tive medo. Sei lá, uma faca. Achei oportuno fechar os olhos, apesar da curiosidade. Ela começou a passar a faca de um lado para o outro perto do pescoço, murmurando coisas que não entendi bem. Só lembro que numa hora ela disse, como se estivesse falando com alguém: o que corto? Te corto, cobreiro brabo, te corto cabeça e rabo. Antes de ir embora, ela fez um afago em meu ombro e confidenciou: Sua mãe está carregada.

Minha vida era sincopada pelas pedaladas de minha mãe e a decoreba na escola. Aquilo era um acontecimento. Algo misterioso acontecera. Aquela mulher seria uma fada? Fadas não têm olhos esbugalhados e são louras. Não usam facas. Seria uma bruxa? Na verdade, tinha cara de bruxa. Mas bruxas não fazem o bem, só o mal. E precisam de um caldeirão para operar.

Além do mais, do que minha mãe estava carregada?

Fiquei boa. Minha mãe não comentou. Minha cabeça parecia que ia estourar, se não se tivesse acontecido outro acontecimento. Minha mãe costumava receber as clientes à tarde, quando eu estava na escola. Naquele dia, não sei por quê, uma cliente importante cismou de aparecer de manhã. Minha mãe me disse que ficasse na vila, e isso, e mais aquilo. O sol estava sorrindo.

Surpresa: a janela da quarta casa, que estava sempre fechada quando eu ia e voltava da escola, estava aberta! E a misteriosa Dona Lurdes estava sentada junto à janela, com a cabeça abaixada, fazendo não sei o quê. Um raio iluminava a cena, dando a Dona Lurdes uma aura de santa. Decidi subir na murada que cercava a parede e espiar, pois do chão não conseguia discernir o que estava acontecendo. Dona Lurdes estava bordando, com uma expressão tristíssima. Eu nunca tinha visto Dona Lurdes, e fiquei admirada. Ela estava fazendo um bordado com linha branca num pano branco. O sol batia diretamente sobre os olhos baixos dela. De repente, rolou uma lágrima reluzente pelo rosto. Meu coraçãozinho disparou. Santa Dona Lurdes!

Nisso, ouvi passos se aproximando, pesados. Pulei de meu apoio e corri para a casa de Dona Nena. Um homem enorme passou a chave na porta de Dona Lurdes e fechou a janela com estrondo. Ouvi uma voz feminina suplicando, não, não. Não, Ribeiro. Isso não! Ai! Não!

Bati na porta de Dona Nena. Dona Nena! Dona Nena! Dona Lurdes está sofrendo! Ela está chorando!

Dona Nena acudiu imediatamente. Entre, criança. Miserável! Desgraçado!

Antes de fechar a porta. Este homem é um monstro.

A velha que vendeu os pintinhos, a mulher que dava passes e agora esse monstro, minha mãe atendendo a cliente – circularam em redemoinho em minha cabeça. A série de inquietações me impelia a receber algum esclarecimento.

Sempre notei que só as mães iam buscar as filhas. Mas uma e outra falavam meu pai isso, meu pai aquilo. O mês de agosto se aproximava, e com ele as saudações à figura paterna.

Entre uma e outra pedalada perguntei, assertiva:

Cadê meu pai?

O pedal estancou. Vindos de longe, muito longe, olhos cansados e cheios de ódio encararam um vazio. De um rosto machucado saiu uma voz:

Mudou-se.

A maestrina e suas meninas

Valsa lenta, Barrozo Netto
Prece, Alberto Nepomuceno
Pequena valsa de esquina, Francisco Mignone
Ponteio, Camargo Guarnieri
Quem sabe?, Carlos Gomes
– Música Erudita Brasileira

Andante ma no troppo

Estamos chegando ao prédio da professora de piano. É um prédio acabrunhado, como diz minha mãe, com falhas nas pastilhas azuis e faltando pedaços nos dormentes das janelas. O prédio tem três andares. No térreo, um cachorro está sempre na janela, espiando entre as grades e reclamando. A dona não deve alimentá-lo, diz minha mãe. É fome. Tenho pena do cachorro com fome. No segundo andar é minha professora de piano. No terceiro, mora outra menina que estuda piano com a professora.

Minha mãe me deixa no primeiro degrau da escada, porque mães não podem entrar no apartamento da professora. Mas minha mãe não poderia subir, mesmo, por causa das varizes.

Na porta da professora, ouço a aluna que ainda não terminou. A professora grita lá lá LÁ e bate com a régua na madeira do piano. Ela é brava. A menina chora. Sei que é menina porque a professora só tem alunas meninas. Espero acabar a choradeira e bato na porta. Não tem campainha. A professora abre a porta, a menina sai ventando. Sabe que ouvi o fim da aula. Que, aliás, é praticamente igual para todas. A aluna erra, a professora fica irritada, a menina chora. A professora escreve no topo da pauta "Repetir 20 vezes no mínimo", sublinhando no mínimo. Sei porque Verinha, a do terceiro andar, me mostrou. Disse que a professora ameaçou atirar os livros pela escada abaixo. Se a menina não se convertesse, jogaria a própria menina escada abaixo. Nunca precisei de toda essa brabeza. Nunca precisei levar bronca. Tenho piano e pratico duas vezes, ou até achar que está no ponto. Gosto muito de tocar piano. Mesmo quando se trata de escala cromática do Hannon. A professora fica um tempão no Hannon e isso é que desanima as meninas. É um famigerado, concorda a mãe de Verinha. Mas sem Hannon não adquirimos mecanismo, e sem mecanismo não conseguimos tocar música de verdade. A professora me explicou isso. Ela me explicava tudo o que eu precisava saber.

Larghetto

Uma vez, no fim do ano, houve uma audição de todas as alunas da professora na Escola de Música. A professora escreveu uma música especialmente para mim, para minha apresentação. Chamava-se "Folguedos de São João". Tinha uma passagem difícil, em que eu cruzava a mão esquerda sobre a direita e tocava uma nota longe no lado direito do teclado, enquanto continuava tocando com a direita.

    A professora gostava de mim, acho. Ela explicou que brasileiro tem mania de só tocar compositores estrangeiros, por isso ela compôs um tema bem brasileiro. Ela me explica tudo, sustenido e bemol e às vezes diz Muito bem. Não elogia mais porque não alcanço os pedais, o que prejudica a intensidade da execução.

Minha professora é maestrina, ou seja, um maestro de saias. Não rege orquestras porque isso é só para homem. Ela não é bonita, é altíssima, tem cabelos de duas cores e até um pouco de bigode. Ela parece triste. Minha mãe diz que é porque ela é solteirona. Não tem casa para cuidar, nem marido para atender, nem o que fazer, sem ser dar aulas. Verinha detesta ela. Mas é porque não gosta de piano, a mãe obrigou. Eu gosto muito da minha professora. Por mim ela dava aula até no domingo. Ela me explicou o que quer dizer folguedos.

No dia da audição, me saí bem. Fui a primeira, devido à minha idade. Entrei, passei um lenço no teclado, ajeite-me no banquinho e toquei Folguedos. Fui muito aplaudida. Agradeci segurando as pontas de meu vestido de organdi e curvando-me ora para direita, ora para a esquerda, ora para o centro, como a professora tinha explicado.

Ela estava bem aflita, verifiquei ao atravessar a cortina. Não havia um só músico na plateia, só familiares das pianistas, que sempre aplaudiam loucamente, de forma que era fácil localizar onde estava a família de cada uma.

Ao longo da audição, houve vários tropeços e esquecimentos, ao que a professora torcia as mãos e enxugava o minibigode, embora a família de cada aluna aplaudisse freneticamente. Após a cerimônia, se é que se pode chamar aquela barafunda de cerimônia, a turma tirou uma foto com a professora enorme no meio. Para nossa surpresa, a minha pelo menos, apresentou-se um senhor bem velhinho de cadeira de rodas. Ele cumprimentou a professora efusivamente, depois deu a volta na cadeira e saiu.

Adagio molto espressivo

O que estou fazendo aqui? Domingo à noite, sozinha no mundo, olhando para uma rua triste. O cachorro da vizinha tem insônia, late raivosamente para os passantes. Não consigo dormir. O que não daria por um momento de silêncio? A martelada repulsiva das meninas revoa em minha cabeça como um bando de aves neurastênicas.

Bicho chato, psiu, silêncio!

É isso o que me resta? Falar com um cachorro? Minha carreira foi tão promissora. A única maestrina na cidade, aos vinte e quatro anos. Não arranjei emprego. Os regentes consideravam seus postos vitalícios. Nunca regi uma orquestra depois da formatura. Vivi na pobreza. Um encontro com a vizinha do terceiro andar abriu a porta de meu apartamento para o ensino de piano a crianças. No início, era só ela, mas logo outras mães foram tomadas por um frenesi para que suas filhas tocassem o rondó de Mozart. De repente me vi ensinando garotas indispostas de manhã à noite todos os dias, menos sábado. Sábado é reservado para Valter, um virtuoso tão pobre que não tem piano em casa. Ensaia no meu piano. Que alívio, ele é um talento, compensa minhas agruras diárias. Sua execução é um ofertório. Na hora do almoço, vou buscar um sanduíche para nós. Quando se despede: Até sábado, maestrina. À noite, quando ele se vai, recomeça minha agonia. Virando de um lado para o outro na cama. Tão longe, de mim distante, aonde irá, aonde irá teu pensamento? O maldito cachorro também insone.

Otimistamente, achei que ia ocupar meu domingo compondo; o máximo que faço é tocar peças exigentes, como um improviso de Schubert. Preciso manter a agilidade dos dedos, pois os ventos podem mudar. Aproveito o domingo para pintar o cabelo, comprar uma cocada quando a baiana vem e reler pautas que aprecio. Sento na poltrona e fico cogitando. Domingo é mais solitário viver. Será que vou seguir assim até morrer? Não tenho propriamente medo, só desgosto neste ostracismo.

Allegro ma non tropo

Não fui informada dos detalhes, mas fiquei sabendo que a professora e aquele senhor aleijado vão se casar. Ouvi minha mãe comentar com minha tia: Veja só! Ela deve estar mesmo desesperada. Casar com um velho, aleijado, ainda por cima! E minha tia: Mas ela não tinha outro jeito de desencalhar, não é? Elas riram. Eu achava que minha tia tinha desencalhado, pois nunca vira um tio por lá.

No casamento foram todas as meninas e suas mães, mais familiares do noivo, que aguardava na cadeira no altar. A professora entrou sozinha, enorme, de branco, segurando uma orquídea nas mãos. Achei que a flor tremia. Depois disso, o senhor foi morar no apartamento da professora. A porta do quarto ficava sempre fechada. Minha mãe ficou sabendo que um enfermeiro tinha sido contratado, pois a professora não conseguia erguer o marido. Também foi contratada uma cozinheira, pois o marido tinha dieta especial. Tudo isso porque o marido era um viúvo rico, bisbilhotou a vizinha do terceiro andar. Mulherzinha metida.

Um dia, para minha surpresa, a professora pediu que eu a aguardasse. Voltou empurrando a cadeira de rodas com o marido e pediu que eu tocasse Folguedos. Eu toquei. Muito gentilmente, ele rodou a cadeira até mim e me deu um beijo na cabeça. A professora sorriu, deu um beijo na cabeça dele e saiu com a cadeira. Meu coraçãozinho de pianista cantou.

Passou um tempo, quando eu já estava tocando Barrozo Netto, o marido morreu. A professora ficou muito sentida e suspendeu todas as aulas. Fiquei triste. Minha mãe disse que ia procurar outra. Onde poderia encontrar outra igual a minha professora? Apareceu uma moça de franja que dava aula em minha casa. Nada de Hannon, mas um álbum que ela trazia e levava, chamado *Clássicos para crianças*. Nunca mais vi minha professora querida.

Allegro

Um dia, recebi um envelope. Dentro um cartão com um barco e um remador em pé. Tinha uma mensagem:

Minha aluna favorita,
Esta é Veneza. Uma cidade na Itália, onde há este canal que pode ser atravessado por um barco como este, chamado gôndola. Estou muito feliz. Sempre sonhei conhecer Veneza, terra de Vivaldi.
Abraço carinhoso,
Valentina.

Assim aprendi três nomes novos: Veneza, gôndola e Valentina. Essa professora, sempre explicando.

Sabendo-me favorita, fui para o piano e toquei "As pastorinhas", que tirei de cor.

A cedilha

Vitória de Samotrácia
Que mulher sensata:
perdeu a cabeça!
(mas ficou com as asas).

– Ilka Brunhilde Laurito

Ela prometeu que, se tivesse filhas mulheres, daria nomes de santas.
Primeiro nasceu Matilde. Segundo a mãe, uma rainha que virou santa.
Depois vim eu. Fui batizada Clotilde, também rainha que virou santa, segundo a mãe. Detestei meu nome. Na escola encontrei um fenômeno que provocou minha primeira paixão. Elça. Elça com ç. Me explicaram que ela vivia com a avó, que era estrangeira. No cartório, a avó quis dizer Elsa, mas saiu Elça. Com presteza, o funcionário, cuja tarefa é não discutir as preferências dos clientes, gravou no livro próprio o nome inédito.
Elça era linda. A cabeça era recoberta por uma vasta copa ruiva. Grandes olhos azulíssimos. Dedos compridos. Defeito: enquanto escrevia, roía as unhas da mão direita, com os respectivos sabugos. Era canhota.
Eu só tinha olhos para Elça. Elça me ignorava completamente. Verdade que eu me sentava à frente dela, C antes de E. Mas na hora do recreio, quando eu achava que teria uma oportunidade, ela se afastava para o canto mais ermo,

abria um caderno e ficava desenhando ou rabiscando, não sei. Enquanto isso, a meninada fazia roda e cantava que atirou um pau no gato e outras aberrações. Uma cantiga de roda me atemorizava: uma menina ficava no centro e recebia a maldição coletiva de que ia ficar sozinha. Ela se rebelava, cantando sozinha não hei de ficar pois tenho Fulana para ser meu par. As duas rodopiavam, de mãos dadas, a do centro ocupava o lugar da escolhida e tudo recomeçava. Nunca fui escolhida. Elça nem levantava a cabeça de onde se refugiava.

Sem atinar para outra alternativa, comecei a desejar que Elça fosse minha irmã. Provavelmente essa ânsia era fomentava pelo fato de que não gostava de minha irmã de verdade.

A preferência da mãe por Matilde era gritante. Meu docinho de coco. Pelo tom, eu percebia que minha irmã estava recebendo um carinho. Mas não avaliava o gosto, pois em casa não entrava doce. O pai era diabético.

Maquinei diversas maneiras de surrupiar Elça. Minha mãe sempre ensinava: se não vai por bem, vai por mal. Como interessá-la por mal?

Tirando a presença enigmática de Elça, tudo mais na escola era uma chatice. A professora de linguagem era mestra em nos envolver em coisas sem importância. Impunha-nos a exposição de gravuras coloridas, de bom tamanho, com uma cena que devia ter acontecido no tempo de meu bisavô. De braços cruzados, mandava: O que estão vendo nesta gravura? Comecem a descrição por Vejo. Meninos de boné correndo, meninas de laços olhando os meninos correrem, com certeza com vontade de correr também, mas na gravura não havia espaço. Eu introduzia seres fantásticos na cena, tornando tudo mais agradável. Punha uma flor descomunal de bocarra aberta, de onde saíam, em marcha militar, formigas que carregavam folhas com o triplo do seu tamanho. Até o coelho apressado de Alice eu imaginava atravessar o cenário. Acabou o tempo, proclamava a megera. Só pude escrever Vejo meninos e meninas. Ela rabiscou um V na minha página, V significando visto. Visto era uma nota de nada.

Além dos livros, que eu lia na biblioteca, meus minutos de delícia eram passados com Seu Genaro, um italiano inquilino da mãe da tia casada com meu tio. Ele tinha uma limitada mas apurada coleção de discos de música clássica e uma vitrola. Sob o olhar vigilante da mãe da tia, eu o visitava semanalmente. Ele me cumprimentava com um afago na cabeça. Bambina. E se sentava numa cadeira de balanço. Colocava a agulha com zelo. Fechava os olhos para ouvir melhor. Após a audição ele me falava de música e de compositores. Eu perdia muita informação, porque o português dele era de doer. Além disso, parece que todos os compositores eram estrangeiros.

Depois de um tempo, que deu para mãe reler *A vida dos santos* inúmeras vezes, nasceu a caçula. Como foi possível, só Deus sabe. Minha mãe não conseguiu localizar outra rainha que virou santa e, para rimar com as outras duas, decidiu chamá-la simplesmente de Tilde.

Com o tempo, fui vendo a burralda Matilde crescendo, crescendo, enquanto Tilde continuava miudinha. Tilde era muito quietinha, demorou a falar. Ficou um tempão só dizendo a-dá, ao que minha mãe respondia angu, angu. Choviam os movimentos de lábios (seriam beijos? Não soube, minha mãe nunca me beijou). Matilde também fazia biquinho, dizendo Minha gracinha, minha gracinha. A gracinha mostrava-se indiferente a todos os trejeitos. Engraçado, eu tinha vontade de colocar Tilde numa cesta mágica e fugir com ela para um lugar distante, que passaria a se chamar Tildépolis. Lá todos viveriam felizes para sempre, sem irmãs indesejadas, repolho e mãe emburrada.

A hora do café era um pum que a gente tentava ignorar, entre mastigadas e um eventual a-dá da pequita. O pai tomava uma xícara grande de café, sem açúcar, sempre de terno e gravata. Passava o guardanapo nos lábios carnudos e saía sem até logo.

Um dia perguntei a Matilde por que todo dia ele saía, já que estava aposentado. Negócios, ela respondeu.

O pai voltava à noitinha. Tomava banho e vestia um pijama. Coca, a empregada, punha a mesa. Mas todo dia tem que ser a mesma porcaria?, perguntava ele, olhando para a travessa com repolho cozido e abobrinha grelhada, com genuíno ódio.

Isso é o que você pode comer, filho. Batata não pode. Chuchu você não gosta. Então... Ele atacava o repolho como se trinchasse um inimigo de guerra e mastigava as folhas com força, líquido escorregando pelo canto da boca. A mãe se escandalizava. Na frente das meninas? Você come como um estivador!

O que é estivador?, perguntei ao meu arquivo cerebral. O pai literalmente rugiu, atirou o garfo na mesa e saiu da sala. Come, Tildinha, animou a puxa-saco da Matilde. O que ele quer?, perguntou a mãe, a ninguém. Não pode sal, não pode açúcar. Não pode batata. Não gosta de chuchu. O que ele quer? Pensei que os não doentes podiam comer alguma outra coisa que não a dieta de meu pai diabético e hipertenso. No início, a comida vinha sem sal para todos. A gente colocava o sal na hora. Mas o pai declarou: Isso só pode ser sadismo. E soco na mesa. Aí a nossa parte da invariável combinação de verdura e legume passou a vir salgada.

O que Elça, forte e bela, comeria?

Num dia, a professora, feia e como sempre excessivamente pintada, disparou: Redação! Vocês têm 20 linhas para escrever "um dia de chuva". Já comecei a imaginar as centenas de linhas contando um piquenique que foi abortado por uma chuva. Não sei por que comecei a lembrar de Seu Genaro.

Escrevi a redação com entusiasmo.

No dia seguinte, a professora comentou os trabalhos. Fulana isso (a nota). Fulana isso (a nota). Seguia a ordem alfabética. Pulou meu nome. Dramaticamente entrecruzou os dedos gordos e se dirigiu a mim: Levante-se. Levantei. Pequeno alvoroço na plateia. Ali vinha bomba. Ela deu uns passos, sempre me encarando e, como se quisesse saber o nome do donatário de São Vicente, perguntou, à queima-roupa: Clotilde, o que é sinfonia? Silêncio mortal. É uma composição musical para orquestra, dividida em partes de andamentos diferentes, assim, lento, andante... Todos os olhos se voltaram para a professora. Ela deu mais um passo e arrematou: Clotilde, o que é patética? Risadas safadas. É uma palavra para descrever uma emoção muito violenta, horrível mesmo (pensei: igual a sua cara). As colegas não sabiam se era para rir ou apertar os lábios. A facínora crispou-se e ordenou: sente-se, e deu as costas. Com visível desgosto, perguntou: de onde você tirou esta ideia para um dia da chuva? Aproveitei para explicar que um compositor estava ensaiando no piano, há muito tempo, quando (uma pausa para resolver como descrever oralmente uma tempestade) nuvens enormes se chocaram, fazendo um brum insuportável. Desse encontro partiu um raio, que fulminou o espaço com uma luminosidade insuportável. Desabou uma chuva persistente. Então o compositor saiu para ver a tempestade. Daqueles relâmpagos, trovões e chuvaréu lhe ocorreu compor uma sinfonia. E deu o nome de *Sinfonia patética*. Soltei um leve sopro de alívio.

Fez-se um silêncio. Provavelmente porque ninguém sabia como reagir àquela "redação". Mas uma voz suave propôs: Eu gostaria de ler esta redação.

Elça! Eu achei que teria uma comoção, palavra que a mãe usava quando estava perturbada, o que não era raro. A professora olhou para a desafiante e jogou a página sobre a mesa. Pode levar, disse, como se sobre a mesa estivesse um excremento. Elça retirou o papel. A campainha de saída tocou. Eu me afobei para me aproximar da corça Elça. Quando consegui, não sabia o que dizer. Obrigada. Pois é... Espero que você goste. Fiquei muda, enquanto Elça me delineou um sorriso e seguiu, briosa.

De tanto ter que se defrontar com minhas aventuras linguísticas, a professora, reconhecendo-as como pendores literários, resolveu me designar para redigir rimas em ocasiões cívicas. Como ela me detestava...

Caxias, homem viril,
Que tanto lutou pelo Brasil.

A professora aprovou, apesar do homem viril. Rimava.

Tiradentes, você morreu
Mas *sera tamem* viveu

A professora censurou, porque aquilo não era português. Ia entrar na bandeira do Brasil, macacos me mordam.

Dona vaca, dona galinha,
Cada uma, uma mãezinha.

A professora se exasperou. Que é isso? Outra patética?

Evidentemente a coisa de vacas e galinhas se tratava de uma ironia juvenil, uma forma de mostrar como eram ridículas aquelas louvações cívicas. Mas o mau uso de minha patética evidenciou como era maligno o caráter de minha opositora. Em meu coração, o brinquedo virou ódio. Não brinco mais, cheguei a pensar. Mas disse: Arranje outra menina para escrever esse negócio. Já para a diretora! Tive que ir, perdendo a aula de história, logo na hora do até tu. Aprendi duas coisas que foram fundamentais para o meu amadurecimento: uma rebeldia isolada não assegura uma mudança; sem poder não adianta querer.

Um dia Elça me acenou do canto obscuro. Tumulto em meu coraçãozinho, enquanto eu disparava para aquela augusta figura. Ela indicou o lugar ao lado dela no tronco, com uma batidinha levíssima com a mão canhota. Sentei-me. Sem saber como proceder, entreguei-me à obscuridade de uma madrugada íntima.

Num tom suave, que contrastava com seu porte poderoso, Elça começou: Clotilde. Interrompi, ansiosa: Vanessa, me chame de Vanessa. Com aquele sorriso engatilhado, que eu conhecia, ela continuou tranquilamente Vanessa, você dispersa palavras. O que pode ser escrito em dez linhas não deve ocupar vinte. Eu me senti tão desqualificada. Esperava receber elogios furiosos. Ela percebeu meu desapontamento, deu uma batidinha conciliadora em minha perna e prosseguiu: repetindo trovões, relâmpagos e temporais, você omitiu o essencial de sua redação, que é a incrível audácia de expressar em teclas de marfim a comoção provocada pela balbúrdia natural. Suas palavras deviam ter sido usadas para destacar esse momento supremo – lá fora, um barulho ameaçador, dentro o silêncio de um piano. O pianista imóvel diante das teclas, para expressar com seus dedos uma experiência patética. É claro que ele não se sentou e saiu compondo uma sinfonia. A sinfonia, como você explicou, é uma composição longa, cheia de passagens. Depois que ele captou o patético e se esmerou em transformá-lo em música é que escreveu a sinfonia patética.

Como ela falava bonito! Eu me vi dividida entre agarrá-la e cobri-la de afagos ou encenar uma patética ali mesmo, com torrentes de soluços (eu também não tinha experiência em desabafos). Estranhamente, a desaprovação dela me fazia amá-la ainda mais, adorá-la mesmo. Eu entendia que ela não me subjugava, e sim abria uma janela para eu ir voando.

Talvez por despeito, perguntei: Você escreve?

Ela explicou que desenhava. Como a escola não abria espaço para pintores, ela fazia esboços durante o recreio e aplicava tinta em casa.

Com sinceridade, mas parecendo que era despeito, perguntei: Você pintaria uma sinfonia patética?

Minha arte não chega a isso. Mas estou praticando.

E, como estímulo: Pratique você também. Pegou seu material e partiu, antes de a campainha de fim do recreio tocar. Tchau, Vanessa.

Tchau, tchau.

Uma estivadora. Uma idiota. Não achava palavras para expressar minha gratidão e nostalgia. Eu queria ser uma ave aninhada nos fartos cabelos dela. Andar de mãos dadas. Eu queria retê-la, nem que fosse para ela disparar aqueles sorrisos enigmáticos que me aturdiam. Eu queria me declarar. Declarar o quê?

Para merecer aprovação, decidi fazer exercícios de sumário. Iria sentar na biblioteca e ler um verbete, que procuraria encolher, preservando o sentido. Como tinha perdido a aula do até tu, abri a enciclopédia em César. Eram doze, credo. O até tu fora emitido pelo César do momento, o poderoso, quando foi assassinado a facadas pelos senadores romanos, entre os quais seu filho adotivo Brutus, do até tu. A trajetória de Júlio César era tão intricada que abdiquei de começar meu treino de sumarizar por ali. Corri os olhos sobre os demais cesares, Calígula foi assassinado, Nero matou a mãe e se suicidou, Vitélio foi torturado à morte por Vespasiano, que se tornou o próximo imperador.

Aquela sucessão de homicidas históricos me perturbou, a ponto de eu comentá-la em casa. A mãe, sem tirar os olhos do tricô, definiu: Isso foi antes de Cristo. Matilde assentiu com a cabeça, como era costume. Uma petulância injuriada me fez retrucar: E Hitler? A mãe não se abalou. Esse era o anticristo.

Cristo entrou na história e eu não sabia como removê-lo. Tilde entrou engatinhando e disparou em minha direção. As mãozinhas rechonchudas se apoiaram em meus joelhos, abaixei a cabeça e ficamos nos roçando como esquimós. Com seu dois dentinhos e dupla gengiva, Tilde riu para mim. Que se danem Brutus, anticristos e todos os adultos chatos do mundo. Eu estava feliz.

Os dias se arrastaram sem novo feito para apresentar à minha inspiradora. Certo dia Abigail (que nome) sussurrou para mim, com cara cúmplice: Não vou com a cara daquela russa. E apontou com os olhos para Elça. Estranhei.

Embora as meninas tivessem dificuldade com a letra do hino nacional, eram todas brasileiras. Busquei esclarecer: Só porque ela se chama Elça é russa? Abigail mandou uma cara deprimente. É por causa daquele bagulho na cabeça, idiota. Ela é ruça, ruça. Ruça com ç.

Quando dei por mim, Tilde já estava andando, Matilde já estava namorando, minha mãe tinha aquele ponto de interrogação na testa e o ano letivo estava acabando. No dia do encerramento, desafinamos o hino nacional com a mão sobre o peito e Vanda, que tinha me substituído como oradora oficial, declamou versos hediondos em louvor à professora, promovida a mestra. Eu tentava ultrapassar minha timidez e entregar uma quadrinha que tinha feito para Elça. Era um poema bucólico, com pastorinha, ovelha e nuvem radiosa. A maldita fila me obrigava a ficar separada de Elça. Quando a fila chegou ao portão, percebi que Elça se afastava, célere. Nem um tchauzinho. Álgida, com sua juba ruça com cedilha. Sofri muito. Ferida, maltratada, incompreendida.

Nunca mais vi Elça. Mudou-se para Bombinhas, Santa Catarina.

Tomei aulas de datilografia e peguei um trabalho ao lado de Macabéa.

Coração ingrato

> Para que uma vida tenha a ver com a vida, tem que ser ambígua.
>
> – Nagata Koi

Só matando. O antigo desprezo rapidamente deu lugar a uma onda abissal de raiva. Desgramado.

Morando na cidade grande enquanto fazia o ginásio, voltava para a família e a cidadezinha aos 14 anos, para descobrir que o pai, mentor de esposa e quatro filhos, inclusive ele, estava na pindaíba.

Como podia ser?

O pai tinha a única loja de comércio da cidade, lastimavelmente chamada Bazar do Tonho. O pai se matava de trabalhar, não arredava o pé do bazar, era bem-querido pela comunidade.

Pediu ao pai o que ele chamava de O Livro, um punhado de folhas amareladas, onde o pai anotava os débitos e créditos, com os títulos entrou e saiu. O pai nem tinha terminado o primário e aquele livro demonstrava que ele não tinha condições de comerciar. O pai vendia rigorosamente pelo preço que comprava.

– Pai, sem tirar nem pôr?

— Doutro modo era ladroeira.
— Pai, não vê que isso quer dizer que seu trabalho não vale nada?
— Mas eu nunca que vou vender meu trabalho.
— Pai, de onde o senhor vai tirar dinheiro para manter a família, comprar sapato, roupa...
— Sapato pego o mesmo que vendo. Roupa santa mãe costura, benza Deus.
— Pai! A gente precisa comer!
— Pra isso a gente tem horta de couve, galinha poedeira. Às vezes saio para caçar macuco, até capivara já peguei.
— Pai! Vai dizer que a espingarda é do seu avô e que as balas foi tio Eustáquio que pagou.
— Pois então não foi?
A conversa não ia dar em nada.
— Pai, o senhor precisa de um contador.
— E acaso onde hei de arrumar um? Compadre Seu Custódio e eu desanimamos. E olha que ele tem muito mais negócio que eu.

Seu Custódio era um fazendeiro rico, com léguas de pés de café e não sei quantas cabeças de gado.
— Pai, eu posso ajudar. Eu...
— Você foi aprender o quê? Latim? Isso lá tem serventia? Bulufas. Além do quê, você é um menino.
Exasperante.
Mas a alusão ao compadre acendeu uma luz na cabeça do adolescente. Ia fazer contabilidade por correspondência. O todo-poderoso Eustáquio ia pagar. Como tinha pagado

a pensão quando ele estava na cidade grande. O espertalhão ia encontrar um jeito de lucrar, em vez de ameaçar o pai de tomar o bazar como pagamento da fenomenal dívida que tinha contraído com empréstimos sucessivos.

Enquanto fazia o curso, ia sistematicamente à cidade grande buscar a correspondência e mandar as respostas para o curso. Sempre numa letra caprichada. No caminho, aproveitava para reparar nas mansões e sondar nomes de patrões de empregados. Em seu quarto, anotava tudo.

Criou um sistema básico de controle e passou à irmã mais velha. Ao terminar o curso, aperfeiçoou o sistema e criou um esquema de promoções, para aliviar o estoque com vendas a preços irresistíveis. A mais velha não entendia bem a lógica de tanto abatimento, mas, como via o dinheiro entrando, cumpria.

O rapaz adquiriu prestígio junto ao pai e, como previra, junto ao abastado Seu Custódio, que o contratou como contador e colocou seu jipe à disposição para as viagens à cidade grande.

Legalmente não tinha idade para dirigir, mas logo aprendeu que azeitando a mão do fiscal não havia quem o obstruísse. Muitos outros expedientes que não constavam do manual por correspondência saltavam aos olhos e a seguir dos bolsos do aprendiz de finanças. Seu Custódio estava encantado com o contador.

– Eta moço obreiro, sô!

A notícia correu pelas varandas onde fazendeiros se embalavam nas redes. Em pouco tempo ele já tomava conta de seis fazendas. Tinha dinheiro para gastar e guardar.

Liberou a mãe das tarefas remuneradas para ajudar o saldo do bazar, como fazer marmeladas para vender ou acolher caixeiros-viajantes em um dos quartos, com direito a roupa lavada e refeição.

Aliás, um certo hóspede nórdico, um sueco ou suíço, não ficou muito claro, seria o responsável pelos olhos verdes da filha do meio, bem como pela tez menos do que morena. Era o que cochichava a irmã solteirona da mãe, invejosa da mana que tinha marido dono do bazar, sabia fazer marmelada e tinha galinhas poedeiras. O pai, sempre atarefado, parece não dar muita importância ao fenômeno, limitando-se a dizer que a menina era disforme.

Um dia o jipe chegou com uma poltrona polpuda, um armário pequeno de duas portas, uma caixa de papelão e duas sacolas de compras. O rapaz carregou tudo para o quarto, montou o armário, tirou da caixa um objeto nunca visto, que colocou sobre a tampa do armário. Os familiares presentes, pai, mãe e filha mais velha, rodearam o engenho. O rapaz tirou um disco preto de uma das sacolas, colocou sobre o objeto desconhecido, mexeu um bracinho, o troço deu para girar e zás, uma voz potente ocupou o espaço do quarto. Bocas abertas, espanto. Ele disse um nome estranho e indicou a porta. A mãe saiu se benzendo, o pai cofiando o queixo (não tinha barba) e a mais velha revigorando o tique de piscar repetidamente o olho esquerdo.

Sozinho no quarto, o rapaz tirou as botas e a roupa de vaqueiro. De uma sacola tirou uma camisa branca, um terno brilhoso e uma gravata. De outra tirou uma caixa de sapatos e um par de meias. Vestiu-se com langor, sentou-se na poltrona, colocou as meias e os sapatos, repôs o braço sobre o disco, cerrou os olhos e ficou escutando *Pagliacci*.

Dessa forma transformava-se em elegante mancebo citadino. Sempre que ia à cidade grande, voltava com um novo disco. Comprou um dicionário de italiano-português, para entender que *E lucevam e stele* queria dizer E as estrelas luziam. Pegou no bazar um caderno com o almirante Tamandaré na capa, onde escreveu Caruso e passou a anotar todos os títulos das árias que povoavam seu quarto de solteiro. *La donna e mobile, Celeste Aida, Che gelida manina*. Nas tardes de concerto, era proibido o mínimo rumor na casa, enquanto ele, segundo o pai, orquestrava uma berraria. Após a qual ele colocava a roupa de caubói, pegava o cavalo e saía desabalado.

Quando se sentia inebriado, baritonava os potentes agudos de *O'Core N'grato. T'he pigliato 'a vita miaaaaa*. A mãe, enquanto colocava o prato de comida na porta do quarto: Barbaridade, sô.

Sempre ocupado como caubói e desocupado como amante de ópera, ele praticamente não tinha convivência com a família, exceto com a irmã mais velha, com a qual tinha contato profissional.

Era aniversário da mãe. O pai convocou a família para um rango, com uma leitoinha assada. Veio o cunhado ricaço, tio Eustáquio. Veio a mana despeitada, tia Hildinha. Veio o Filhão, vestido de caubói. Vieram as três irmãs, às quais a mãe dera nomes bíblicos, segundo ela: Dalila, Aída e Ruth com th.

A mãe olhava com olhares derretidos para aquele Filhão bem-apessoado. O Filhão, usualmente comedido, estava bem perturbado. Primeiro, estava deslumbrado pela filha do meio. Aída era linda! Olhos verdes intensos. Quando se postavam frente aos dele, precipícios. Cabelos negros ondeados em cachos de valsa. Rosto de expressão lânguida. Os lábios diziam sim. Ela sorriu. Sorriu para um mundo de borboletas, pirilampos, saíras e pégasos de nuvens. O mundo dele tinha cupins e escorpiões.

Segundo: a situação começou a evocar sensações já esquecidas, mel de laranjeira, jabuticaba no pé, canteiros de macela.

Terceiro: talvez por inexperiência com paixões instantâneas, os sentimentos começaram a se baralhar, a visão era ensurdecedora; queria ao mesmo tempo acolher e repudiar aquela mulher que o tentava. Após o almoço, correu para seu refúgio, o cúmplice quarto. O coração disparado.

Eis que ouve uma leve pancada na porta.

– Posso entrar?

– Aída!

Celeste Aida, forma divina, mistico serto di luce e fior, del mio pensiero tu sei regina.

Explicou que trazia um disco emprestado pela filha de um fazendeiro.

– Vamos ouvir?

Estou parecendo meu abobalhado pai, pensou ele. (Parecendo mesmo.)

Decidida, Aída rumou para a vitrola e acionou o disco. *El dia que me quieras.* Ela esticou o braço direito na posição de dança. O flechado aceitou o convite, a provocação. Saíram deslizando em passo de bolero pelo quarto. Imediatamente estavam de corpos e rostos colados. Ele sentia o perfume dela, a maciez de sua pele. Desfez a posição e passou francamente a abraçá-la. *Fiesta con color...* O beijo foi irrecusável. Os olhos tornaram a se encontrar. *Amami Alfredo, amami ti prego...* Uma súplica. Ele se recompôs e pediu:

– Vá.

Ela foi.

Começou a gemedeira da perda inconsolável. Não posso! É errado! Mas quero essa mulher. Ela me quer. Estamos amando!

Dane-se.

Botou as botas, colocou a bolsa de ombro e o chapéu e saiu para encontrá-la.

Ela estava na varanda.

– Vá buscar um casaco. (Pragmático até o fim.)

Ela veio. Saíram de mãos enlaçadas. Ele trouxe o cavalo e a acomodou na garupa. Montou e deu o comando ao cavalo. Ela o abraçou e deitou o rosto nas costas dele. Lá se foram galopando mundo afora.

Arribação

Minha rolinha onde
é teu ninho?
É na laranjeira
No meio do espinho.

– Cancioneiro Popular

Naquela tarde ela entrou decidida a rumar direto para o quarto. Mas tropeçou nos sapatos que ela mesma largara no chão da sala. Merda! Um potente pontapé arremessou os calçados para algum cafundó. Ela seguiu, trôpega, e se atirou na cama.

Cama que se tornava uma Polinésia quando ela se vestia para ir para o trabalho. Ela costumava ter crises imoderadas para escolher. Uma aqui, outra ali blusa. Uma aqui, outra ali saia. (Vestidos só em ocasiões especiais.) Após conferir o grau de compatibilidade entre as peças – que curiosamente era sempre nulo –, cada uma era arremessada sem clemência sobre a simplória cama. Polinésia.

Para escolher os sapatos que combinavam com o arranjo aprovado, surgia um amontoado de sem-pés no assoalho, que ela tinha que ultrapassar num olímpico salto a distância rumo ao espelho.

Maquiagem e cabeleira. Repetidos retoques, até que o espelho garantisse que ela era mais bela que Branca de Neve.

Eu, uma monja. Esperava que ela pegasse a bolsa – sempre a mesma, pesando como se contivesse três volumes de uma enciclopédia – e se despedisse com a mão na maçaneta: Estou atrasada.

Pudera.

Após tantos meses, naquela tarde eu me sentira, digamos, afrontada com a situação. Eu tinha me acostumado a recolocar nos devidos cabides as roupas desprezadas e, devidamente emparelhados, os sapatos arremessados.

Afinal, ela saía e eu ficava em casa. Ficava em casa porque faço copidesque. Só preciso de uma mesa, dicionário e neurônios atentos para exercer minha profissão. Posso exercê-la de pijama, se quiser.

Mas naquela tarde do tropeço eu tinha mantido os sapatos ali de propósito. Eu mesma tinha tropeçado e odiado. Deixei que os sapatos fora de lugar se encarregassem de alertá-la para aquele despropósito. De imediato não atinei que quem estava fora de lugar era eu.

Bem, naquela tarde ela se estirou na cama, arrancou os sapatos, massageou os pés sobre as meias e soltou alguns grunhidos. Sentou-se, sempre mexendo nos artelhos, e perguntou burocraticamente:

– O que temos para comer?

– Pizza.

– Pizza! Você quer que eu vire uma baleia?

– Você adora pizza. Achei que ia gostar.

– Conversa! Você ficou com preguiça de cozinhar e mandou entregar em casa.

E eu que tinha copidescado o dia inteiro.

– Pizza de quê?

— Meia calabresa, meia quatro queijos, como você gosta. Ela foi para a mesa, comeu duas fatias de cada. Maus bofes. Um humor do cão. Deixou os pratos, os talheres e o guardanapo sujo para mim.
Levantou-se e, desabotoando a blusa:
— Hoje você dorme no sofá.
Quê? Tornado no silêncio da sala. Esbocei um protesto, um queixume, enfim, mas, mas...
— Gente, será que eu não tenho o **privilégio** de dormir sozinha em **minha** casa?
Ela tinha direito, mas não tinha razão. Eu estava sendo alojada. Não que dormir naquela cama representasse algum deleite especial para mim. Mas ela estava fazendo uma demonstração de poder injusta, como toda demonstração de poder.
Reparei que ela era bem pequena. Talvez devesse achar o contrário, minha estatura no quadro não era a de uma Valquíria.
Dormi no sofá naquela noite e nas seguintes. Ela praticamente não falava comigo. Ficava horas ao telefone, rindo. Eu no copidesque. Precisava terminar, para receber. Parei de dependurar a roupa no armário.
Numa tarde, mal retornando do trabalho, sem aviso prévio, ela anunciou:
— Você precisa de outro lugar para morar. Já.
Em um momento de suprema covardia eu aceitara o convite para morar ali. Era prático para ela ter uma mulher para arrumar o que ela desarrumava. Era oportuno para mim, na pindaíba como uma respeitável copidescadora,

dispor de cama, mesa, fogão, geladeira, um teto, embora não só meu. Agora ela clamava sua legítima propriedade. O lugar ficou irrespirável. Decidi cair fora naquela hora. Já, ela tinha dito, como se estivesse lixando as unhas. Não sabia como arrumar meus sentimentos. Respeito!, berrava a negra cantora de blues.

Comecei a me mexer, embora não resignada. Recolhi o último lote de copidesque que estava fazendo, enfiei numa sacola uma blusa, calcinhas, sutiãs, pijama, chinelos, escova de dentes e de cabelo, caixa de lenços, meu vidro de colônia e remédio para dormir. Ia apanhar alguns livros, especialmente *Cem anos de solidão*, que amo. Mas achei que não era hora. Apanhei meu laptop – comprado em prestações – e minha amada bolsa de artesanato e saí, sem obrigada ou dane-se.

Como me competia, fiquei zanzando pela noite, como exilada, cega pelos faróis, buscando asilo. Não sabia para onde ir. É estranho quando você está acostumada com uma situação e de repente, não mais que de repente, ela some. Foi um direto no queixo.

Resolvi ligar para Renata, mulher experiente, com os pés no chão, como se diz. Adequada para quem estava na lona. Constava que ela sempre tinha um colchão sobrando para uma desgarrada.

Renata me recebeu. Seu rosto alterou sobrancelhas indagativas com um sorriso de queijadinha. Eu não lembrava como Renata podia ser tépida. Talvez porque estivesse voltando de um nocaute.

Expliquei que estava só. Não falei de sapatos, nem pizza, nem do mal-estar geral. Tentei transmitir que não estava triste. Dilacerada, talvez. Tinha levado bomba no vestibular do casamento. Renata me conduziu para a sala, ofereceu banheiro, água, o que me prouvesse. Eu calada. Aceitei água. Ela começou falando como é difícil duas pessoas viverem juntas durante muito tempo. Aquilo me pareceu coerente com o que eu ouvia dizer de Renata, a saber, que estava toda hora trocando de parceira. As alunas a adoravam e volta e meia eram alojadas no apartamento dela.

Os olhos de Renata têm cor custosa de definir. Ora parecem verdes, ora castanhos, ora não sei o quê. Naquele momento eram muito doces, era o que eu podia dizer. Como não entrei em detalhes sobre meu atual desvalimento, Renata tomou a dianteira.

– Sabe, meu bem, você me parece passiva demais. Vive enfurnada, não se movimenta. Não se relaciona com ninguém, a não ser com aquele poço de narcisismo. Tem gente legal por aí. Mexa-se. Mexa-se!

Eu estava tão cansada. Os sábios conselhos resvalaram por minha cabeça noturna. Alegando para mim que não tinha mais onde dormir, e pressupondo que Renata estava em entressafra de companhia, dei boa-noite e adormeci. Estranhei quando encontrei o café pronto de manhã.

Partindo da teoria para a prática, Renata resolveu me apresentar a gente legal.

Era um sábado, ideal para conhecer Fanfã. Que nome, pensei. Fanfã trabalhava nos chamados dias úteis das 8 às 5. Estifânia era seu inverossímil nome de batismo. Como seu apelido, Fanfã parecia uma caricatura. Rosto redondo, nariz grande e achatado como uma tomada, formato de Tarzan: ombros largos, cintura e quadris estreitos, pernas finas. Fazia musculação após o expediente, por isso os músculos ressaltavam.

– E aí?

Nunca soube exatamente o que responder a esse cumprimento. Reparei que Fanfã usava uma jaqueta de couro e tinha óculos de motociclista no pescoço.

Sucintamente, Renata explicou que eu estava precisando de uma guinada radical. Fanfã propôs um voo de asa-delta. Puxa, voar! Pensei sem pensar. Ela me pegou pelo braço.

– Deixa comigo.

Me acomodou na garupa da moto e enfiou um capacete em minha cabeça. A tal cabeça nocauteada.

– Eta nóis!

Saiu zunindo entre os carros, eu agarrada à sua cintura, como nunca tinha agarrado a cintura de alguém. Fechei os olhos. Entendi por que ela estava com uma jaqueta de couro. O vento me congelava. Por que não tinha me prevenido para usar um casaco? Eu de camiseta. Zum! Zum! Eta nóis.

Após o trânsito, engolimos uma ladeira inóspita.

– Chegamos!

Abri os olhos. Estávamos no alto de uma montanha. Lá embaixo, uma praia linda e convidativa, como uma praia pode ser. Apeamos. Tudo o que eu tinha a fazer, para uma guinada radical, era me jogar do alto da montanha e sair planando como uma fragata.

Tive pânico. Nada me agradava. Não tinha o costume de me lançar sequer de um trampolim. Não adiantava dizer que ia ter um acompanhante, que ia ser um barato. O precipício estava lá.

Fanfã me olhou com reprovação varonil quando devolvi o capacete. Desci a ladeira medonha a pé, tremelicando, odiando, não sei o quê ou quem.

Verdade que estava quase congelada.

Cheguei a uma avenida, com seus inumeráveis automóveis e seus rugidos. Reparei que tinha esquecido a carteira na moto.

Pela primeira vez na vida, fiquei pedindo carona. Quem não precisou pedir não sabe como é humilhante. Fui andando e sempre acenava para um bólide em atraso. Muito tempo depois, um carro moderno parou.

– Vai para onde?

Eu só me lembrava do bairro.

– Entra aí. Olha o cinto.

Há séculos não andava de carro. A moça não tirava o pé do acelerador, driblando os demais corredores. Abracei o cinto como a cintura de Fanfã.

A moça ligou o som. Tocava "Cry Me a River". A moça ofereceu um chiclete. Aceitei. Ficamos as duas mascando chiclete enquanto Julie London excomungava alguém. Eu não sentia vontade de chorar um rio, nem que alguém chorasse um rio por mim. Depois de ser expulsa de casa, de andar na montanha-russa com Tarzan e de voar de carro, sentia o desalento de uma bancária despedida. Vontade de sentar na calçada como um Carlito girando uma bengala persistente, mas inútil.

A moça procurou, procurou e não encontrou lugar para estacionar. Estacionou bem embaixo de uma placa Proibido. Eu ia dizer Ó. Enquanto ela reunia papéis e livros, um guarda se aproximou, lépido.

– Vou ter que rebocar seu carro.

A moça entregou as chaves para ele.

– Reboque. – Petulante, a moça. – Estou atrasada. Não vou perder minha aula.

Colou o chiclete usado na lataria e foi-se. O guarda abobalhado e eu abobalhada ficamos estáticos. Eu estava morta de vontade de fazer xixi. Perguntava-me se aquele dia cumpria o preconizado Mexa-se.

Consegui me localizar e fui para o apartamento de Renata, rezando para que ela ainda estivesse desacompanhada. Estava exausta e precisando fazer xixi urgente.

Renata estava só, bebendo um *mojito* num copo longo e ouvindo Bethânia. Clara! Noite rara! Balbuciei Oi, corri para o banheiro. Que alívio. Friccionei os braços arrepiados com um creme à mão. Fiquei cheirosa.

Renata deu outro sorriso de queijadinha diante do relato de minhas desventuras. Que, sinceramente, soaram como pândegas. Após mais um gole de *mojito* ela disse: Você precisa encontrar uma coisa em processo, algo para buscar.

Já sei quem é a pessoa exata para você, se é que ela ainda não partiu. Ligou para alguém. Recolhi-me ao remanso do sofá.

No dia cedinho, bem cedinho, Dinó veio me buscar. Dinó era uma mulher de uns quarenta, pele queimada de sol, cor linda, quando sorria ativava os pés de galinha dos olhos, cabelo curto, grisalho. Calça jeans, camiseta branca, botinas. Não era musculosa como Fanfã. Mas, quando apertou minha mão, senti que era nodosa.

Dinó era Dinorá. Estranho esse costume de cortar os nomes pelo meio. Renata, para elas, era Rê. Dinó estava partindo numa expedição ao sul, onde tinham sido localizadas tocas de tatu gigante. Pré-histórico, evidentemente.

Ela ia cavucar até encontrar a ossada dos tatus.

– Vamos nessa?

Um sorriso cativante. Segura. Devia gostar de cadáveres de dinossauros.

Eu estava com o traseiro mortificado e a coluna aos gritos. Sou sedentária há séculos. A ideia de mudar daquele jeito, erguendo tendas, camelando por desertos onde tatus gigantes tinham desistido de viver não me fascinava.

Para variar, disse Não.

Dinó não se importou. Pegou a mochila e foi.

Afinal, o que me fascinava?

Tudo indicava que não estava preparada para o êxtase do movimento. Por outro lado, não experimentava um estado de bonança. Nem podia recorrer a comigo me desavim, pois nada belo me motivava a recorrer a um eu anterior, mesmo poeticamente. Eu era apática! Horrivelmente apática.

Naquele momento só me lembrava de ter sentido frio, vontade de urinar e agora fome. Estava em jejum.

Renata entrou na sala, com um chapéu de palha na mão.

– Vou caminhar. Quer vir?

Meu rosto devia estar descomposto, como o da *traviata* suplicando *Amami Alfredo*. Renata sacou.

– Tem café, pão, manteiga, fruta na cozinha. Tchauzinho, minha flor. Sossegue.

Era o oposto de mexa-se. Comecei a sentir uma coisa cálida. Ah, eu não era frígida.

Comi pão com manteiga, tomei café, respirei fundo. Voltando à sala, detive-me a examiná-la.

As paredes eram forradas de livros multicoloridos, que abriam espaço para um som, com CDs, DVDs e long-plays, uma adega suspensa com uma prateleira para copos (quatro de Veneza), um quadro insolente de Nikki de Saint-Phalle, uma samambaia cujas ramas amazônicas tentavam alcançar o chão. Uma poltrona que dizia Sente-se, com um pufe bem usado. Ao lado do sofá, um móvel antigo, com uma gavetinha e uma prateleira na qual trafegavam os retirantes de mestre Vitalino. Sobre a tampa, uma renda de crochê e um vaso com cravos rubros. Sob a janela, para receber luz e ar, temperos: manjericão, hortelã, pimenta. Um abajur de pé com uma cúpula onde esvoaçavam borboletas que se acendiam à noite.

Havia uma extravagância sem arrogância. Tudo harmonioso e cabível.

O jeito de Renata trouxera àquele lugar o aconchego de um lar. De repente, me senti um contrabando numa mala de autenticidade. Estava pronta para me amofinar quando Renata retornou.

– Tudo bem, meu anjo?

Senti vontade de me atirar nela, mas me limitei a um lacônico hum-hum.

Renata foi lá dentro e voltou com uma bandeja com torradas com *tapenade*.

– Uma amiga me trouxe da Suíça. Toma um *mojito* comigo?

Como resistir?

– É um rum legítimo. Presente de uma amiga.

Para minha surpresa, brinquei:

– Você é uma fruta gogoia? "Foi presente de uma amiga..."

Renata sorriu um sorriso de fruta gogoia. Fiquei disposta a tomar quantos *mojitos* fossem.

Renata preparou os drinques e propôs um brinde:

– À alegria!

Tchim-tchim.

Renata atendeu ao convite da poltrona, esticou as pernas e ignorou minha cara de renegada.

– O que pretende fazer de você, afinal? Vai ser para sempre copidesque?

– O copidesque é uma forma de leitura – disse, com surpreendente audácia.

Goles de *mojito*.

– E aprendo muitas coisas com o copidesque – eu advogava.

– Por exemplo?

– Por exemplo, na Austrália há centenas de espécies diferentes de eucaliptos.

Gole de *mojito*.

– O canguruzinho sai da vagina cego, as perninhas nem formadas, mas sabe chegar à bolsa da mãe e encontrar a teta para mamar.

Renata poderia ter dito que adivinhava qual era o livro que eu estava copidescando no momento, mas disse, com magisterial seriedade:

– Muito interessante saber isso sobre eucaliptos e cangurus.

Danada.

– Tão interessante quanto saber sobre tatus gigantes. – Eu estava impressionada com minha loquacidade.

– Menina, sem dúvida tem valor o ofício do revisor. Mas você é tão culta, sabe tão bem o inglês, por que não vira tradutora?

Eu já tinha considerado aquela possibilidade. Mas é difícil e às vezes ultrajante colocar outra língua em português. Sem falar nas palavras que a gente tem que liberar para ser fiel. Zimbórios?

Apesar de meus recalques, dei para pensar em cotovias, charnecas e rouxinóis explodindo em nogueiras, com satisfação. Mas admiti que me faltava o langor do escritor indolente e a trepidação do escritor ansioso. Tudo era tão predeterminado, tão submisso a regras nem sempre palatáveis. No copidesque não havia esplendor, nem *bliss*.

Renata espiava minha introspecção com olhos aquiescentes.

— Você é muitas coisas, meu bem. Muitas coisas.

Eu singrava nela.

— Renata, peço um tempo para terminar este copidesque que estou fazendo. Depois o *que sera, sera*.

Detestei ter metido Doris Day no assunto. Mas Renata piscou um olho. Achei que aquilo significava sim.

Já que uma moça arrojada tinha se incorporado em mim, atrevi-me:

— Deixe-me permanecer aqui. Peço que possa dormir no sofá, se isso não trouxer nenhum problema, você sabe, com alguém. Cuido da casa.

Renata fechou os olhos. Sinal de que estava levando a proposta em consideração. Depois as sobrancelhas e a boca fizeram um trejeito buliçoso.

— Já tenho empregada.

Pegou minha mão. Encostou o rosto no meu. No ouvido:

— Só se você dormir na minha cama.

Já vi esse filme?

Não com essa ternura, copidescou meu coração.

Cardiopatia

Nada esperar! e ter
por um magno favor
toda migalha que vier
do teu amor.

– José Régio

Quarenta minutos e ela não chegou. Só mesmo ela, para achar que ficaria mais divertido decidir para onde ir na própria rodoviária. Só eu, para aceitar. Preciso parar de fumar. Com certeza ela não achou explicação para dois dias fora.

O cenário aqui é dantesco. Não é aquela trepidação do aeroporto, pessoas arrastando malas pretas, todas iguais, enquanto o alto-falante anuncia que mudou a porta para onde devem se dirigir. Expressões não de quem quer viajar, mas escapar.

Aqui nordestinas sentadas em matulões, com ar de fadiga perpétua, aguardando um ônibus que vai levá-las de volta para onde saíram. Visitar os parentes, mostrar que estão bem. Só mais este. No último trago vou embora. Ela não vem mesmo. Por que fui me meter com essa doidinha? Tudo com ela é fluido, para ela tudo é divertimento. O problema é que ela depende daquela megera gorda e rica, que assegura sua carreira artística. Carreira artística uma ova. A megera faz o roteiro, o cenário e a direção das peças que produz, dá o papel de flor mimosa ou de meretriz para seu bilboquê, talvez querendo realizar metaforicamente as várias personagens que gostaria de ter na realidade. Os espetáculos são na sala enorme de seu apartamento. Meia dúzia de gatos pingados vão assistir, segundo a sapeca, alunos de dramaturgia de aulas que a megera dá, num curso particular. Onde, aliás, elas se conheceram. Ao final de cada peça a diretora vem agradecer, deixando as papadas se acumularem e os braços erguidos bangolarem livremente. Ela sempre usa bermudas jeans asfixiando a cintura e T-shirts que modelam sua não desprezível pança. Obrigada a todos. Saio correndo enquanto os alunos a rodeiam, Deus me livre se ela me localizar.

O máximo aconteceu quando a megera resolveu montar sua última criação à beira-mar, numa praia deserta. As personagens ficavam de costas para o mar, que reclamava. Não havia microfones. Não se entendia nada que as personagens, vestidas de duendes ou coisa parecida, berravam inutilmente umas para outras. Perplexidade total. Em dado momento, a doidinha foi dar um beijo na boca de uma veadinha. A veadinha reagiu (não sei se estava no *script*), a doidinha apontou a língua para intimidar a atacada, agarrou-a e teve início uma luta de *catch* em que a veadinha galopou para fora do palco de areia, incomodando quem estava na primeira fila de esteiras. Eu estava com uma dor nas cadeiras danada, que renovou o desprezo que sentia por mim, por me colocar em uma situação daquelas.

A dor me chamava para a realidade. Eu vivia uma ficção com a menina a quem eu chamo de pereba, ou Electra-no-

limbo, quando quero implicar com suas aventuras dramáticas. Ela é uma menina.
Mais para flor do que para botão de rosa. Ela desperta em mim os sentimentos mais desconfortáveis. Aquela vez em que eu perguntei em que nível era a relação dela com a megera, ela respondeu, satânica: Não podemos dizer que sejam relações rigorosamente platônicas.
Por mais que queira, diabo é que não sei que quero, ela está sempre em minha cabeça. Tem mania de propor jogos. Vamos lá, jogo de último desejo. Três coisas que faria hoje se soubesse que ia morrer amanhã. Eu: terminar de ler *Troilus e Cressida*, contemplar o pôr do sol – pausa –, cogitar o que seria de mim. Ela: comer pastel de feira, dançar "Odara" até cair morta, morrer abraçada a *mon amour*.
Mon amour? Ela nunca me chamou de *mon amour*. Até de coisa ela já me chamou. Coisa amada, é verdade. Será que ela teve um amor na França? Ela já esteve na França umas duas vezes. Ou será que, em seus eternos devaneios, ela está pensando em encontrar um?
Sinto abjeção por suspeitar até do que ainda não aconteceu. Pode ser só mais uma gracinha, para mostrar que está aproveitando o curso de francês.
Agora, jogo de rimar, um propõe uma palavra, para o outro rimar. Eu: nós. Ela: nós – eu e você? Eu: sim. Ela: albatroz. Eu: por que você perguntou se era eu e você, para rimar com albatroz? Ela: para ouvir você dizer nós. Se a rima é com s ou z não importa. E tome puxadinha na bochecha.
Já que não tinha gastado dinheiro com as passagens, decido tomar um táxi. A fila está pequena e no táxi à frente

do meu embarcam três pessoas. Entro, o motorista aciona o taxímetro, quando outro táxi estaciona na frente. Imediatamente meu motorista, de quem eu só conhecia a nuca, começa a pressionar a buzina num surto. Filho da puta! Vira-se para mim. Agora eu vejo seu rosto, meio careca, bigodudo. Aqui é só para embarque. Mas esses filhos da puta param no desembarque esperando que algum esperto fuja da fila e embarque assim mesmo. E tome buzina. Aparentemente no táxi à frente havia uma discussão entre o passageiro e o motorista. Meu motorista começa a acionar o acelerador, contribuindo para poluição urbana. O motorista da frente faz um gesto de Passa por cima. Meu motorista bufa de impotência e indignação, merecendo toda a minha aprovação. Quando o carro da frente sai, o meu parte aos solavancos. Meu motorista gira a manivela da janela da direita e berra o xingamento mais horrível possível: veado! Acho que o outro nem ouve. Meu mal-estar se agrava. Bate coração.

 Aonde vamos? Jardim Botânico. Jardim Botânico bairro ou o jardim mesmo? O jardim mesmo, aquele com as palmeiras. O Jardim Botânico bairro nesse horário vai bem, mas experimenta depois das cinco. O motorista, o dia inteiro atravessando o tráfego, tem que desabafar. Ele não quer estabelecer um diálogo, só falar. Fala do trânsito, da violência, dos políticos. Se eu tivesse uma buzina, buzinava sem parar. No ouvido dele. Escolho o Jardim Botânico para me refugiar do malefício, encontrar uma sala de espera entre os arvoredos.

 Resolvo desligar, procurando lembrar nomes de livros que li recentemente. Será um paradoxo gostar ao mesmo tempo de Machado e de Clarice? Vou acabar de ler *Sinfonia das estrelas*, de Sylvie Vauclair, livro dedicado a todos aqueles sem os quais o mundo não seria o que é. Eu quero saber do balé das estrelas, da lua e maré, mas acho o livro muito cheio de diagramas e tabelas. Será destinado a um cosmólogo, talvez. Provavelmente não sou um daqueles sem os quais o mundo não seria o que é. E o que o mundo é? Estou à beira de uma exaustão.

Chegamos, o motorista falastrão me deixa num sinal. O sinal demora horas para abrir e fico pensando o que vou fazer com minha agora espantosa mala, onde coloquei suéter de lã, se fosse para uma montanha, e calção de banho, se fosse para uma praia. E o livro de Sylvie Vauclair, no caso de haver ocasião para ler.

Ao pagar, peço a gentileza de a moça guardar a mala para mim. Não guardamos material de visitantes. Lá vou eu de mala, não mais caminhar, vou sentar num banco e respirar, finalmente, a paz.

Tão antigas as árvores. Elas continuam lá. D. João já foi. Um esquilinho pesquisa em três árvores, até o topo, e não encontra o que busca. Começa a chover. Bendita água. O esquilinho hesita em atravessar uma piscina que a chuva forma, para ter acesso às árvores de cá. Decide-se e atravessa em sucessivos pulinhos. É um malabarista. Não sei se encontra o que procura.

Aqui há placas indicando todos os rumos que se pode tomar. Só eu e minha complacente mala destoamos. Perdido no Jardim Botânico. Belo título. Será que alguém já compôs essa música? Não, aqui todo mundo se encontra. Tanta paz. Oxigênio. Bancos para quem se cansar. Por que não encontro paz interior? Estou prestes a começar outra divagação estéril, lembrando que o estoico Sêneca e a festiva Violeta Parra se suicidaram. D. João não se suicidou. Precisava se matar?, perguntaria a diabinha. Carlota Joaquina já era de morte. Em vez de cogitar o meu suicídio, passo a pensar na sapeca com mansidão. Verdade que quase nada entendo de sua vida. As coisas dela me chegam por outros canais. Adora comer comida japonesa com aqueles pauzinhos. Que fazer? Ela cursa dramaturgia com a faz-tudo, ensaia as peças cometidas, estuda francês num curso, toca tamborim num grupo de bairro e mergulha no Arpoador em um domingo de folga.

Doidivanas, irresponsável, dengosa, charmosa, bela como uma gazela saltando na relva, aquela mignon é a prova de que a criação tem ótimo humor. Senão, por que gaivota mergulhando no mar, vermelho no gravatá, saíra de sete cores, borboleta azul voando mansa, centopeia, por que o arco-íris? Sem me arrastar, com uma piscadela apenas, ela me atrai para seu rodopio, sem se importar com minha idade.

Eu me importo. Alguém disse que com a idade a pessoa fica mais sábia. Só se a gente não se apaixonar nesta idade. Pernas, para que vos quero? Não consigo acompanhar o compasso dela.

O jardim vai fechar. Quase deixo a mala para trás. Mas, pensando no livro, mudo de opinião. Tomo um táxi, ensopado, para casa. O motorista maldiz sua desdita. Realmente, às cinco da tarde o trânsito ensandece. Lembro que passei o dia sem comer. Saí no nascente, vou voltar no poente. Onde moro não tem pôr do sol. Saco um cigarro. Proibido fumar aqui. Desculpe. Será a primeira coisa que farei em casa, depois de uma visita ao banheiro. Chego, pago, e me encaminho para a portaria.

A gazela está sentadinha na única poltrona. Não sei se me aproximo, se me atraco com ela, pelo menos vou botar a mala no chão. Num momento de bom-senso, eu lhe negara a chave do apartamento pois, num assomo de mau senso, eu a tinha franqueado, anteriormente. Ao voltar para casa, tinha encontrado uma parede grafitada: EU sou Aquela de quem tens saudade / a princesa do conto: Era uma vez...

    Ela se levanta. Me recebe com efusão.

    Coisa amada, trouxe comida e vinho.

    Sorriso irresistível. Em uma das mãos, uma sacola, provavelmente com caixas de comida japonesa. Com o braço livre, me enlaça, indiferente à roupa molhada e ao porteiro. Seguimos para o elevador, ela e sua sacola de mercado, eu com minha mala e meu coração desabalado.

    Na sala me beija na boca, como se nada fosse. Minhas sobrancelhas se erguem, hostis. O quê? Por quê? Nada consegui verbalizar.

    Custou, mas valeu. Vamos fazer nossa viagem aqui.

E tome bitocas no rosto molhado.
Tenho que tirar a roupa.
Já?
Essa menina me transtorna. Ao invés de me consumir, ela me abastece.
Ela tira da sacola um livro: Florbela Espanca. Estava lendo enquanto minha Coisa Amada não chegava. Quanta coisa bonita nos versos: papoulas-rubras, a voz dos rouxinóis nos salgueiros, charneca em flor. O que é charneca? Sibilam as víboras do despeito. Será que ela não reparou que Florbela escreveu *Sóror saudade* e outras tristezas? Ela abre o livro em uma página marcada. Lê:
Ama-me doida, estonteadoramente, Ó meu Amor!
Tira minha blusa pela cabeça, atira-me ao chão. Cumpre-se o que Florbela pediu.

Após os dias de viagem, em que comi comida japonesa a fartar, e em que o pedido de Florbela foi mais de uma vez atendido, ela saiu e permaneceu dias ausente. Combinamos nunca nos telefonar. Num sábado passou por baixo da porta um envelope. Mensagem em manuscrito. Sento-me para ler. O que virá? Acendo um cigarro.

Mon amour,

Estou indo para Gorges, Provence, para um festival de teatro. Será que as lavandas estarão em flor? Talvez dê um pulo em Roussillon, porque acho o nome lindo. Se cuida. Me espere. Me espere. Te amo. Te amo. Te amo.

O coração dispara. Mas, como ensina o iluminado Dorival Caymmi, quem inventou o amor não fui eu, não fui eu, nem ninguém.

Diga toda a verdade
— em modo oblíquo

Para fazer uma campina
Basta um trevo e uma abelha
E fantasia.
Quando as abelhas estão em falta,
A fantasia basta.

– Emily Dickinson

OUTUBRO 4

Hoje foi meu primeiro dia de aula. As aulas começaram antes, mas fiquei ocupada arranjando onde morar. Finalmente, consegui rachar um quarto com uma moça de Nova Orleans, Desirée.
Me atrasei porque fui detida pelo cenário. Sei que estamos no outono, mas foi a primeira vez que vi um arvoredo majestoso, tinto de vermelho, amarelo e dourado. Parece que as cores escorregaram lá de cima, pintando as folhas de forma deslumbrante. Como alguém pode se meter numa sala com esse ambiente do lado de fora? No Brasil não tem outono, disse um poeta, mas as folhas caem. Realmente, encontrei um mar de folhas marrons, só marrons, no Jardim Botânico.
Tenho que acabar com essa mania de entrar em detalhes para tudo. Para que meti o Jardim Botânico neste diário?
Mas fui, já imaginando como se pede desculpa numa situação dessas. Sou ruim em matéria de desculpas. Fui.
Chegando à sala, olhei direto para o professor. Com cara de professor, lendo um livro. Achei que um sorriso sem jeito

podia significar desculpa, professor. Achei melhor poupá-lo de explicações sobre a causa do atraso. Ele me respondeu com o cenho franzido. *Time is money.* Olhei em torno. Sala repleta de rapazes louros. Só um assento vazio. Choque! Ao lado do assento vazio estava uma freira! Se fosse um urso de óculos não teria me surpreendido tanto. Ficar de pé na porta não servia – para de entrar em detalhes – então me encaminhei para o assento vazio, dirigindo à freira uma das expressões mais populares neste país: *excuse me*. Ao que ela, cheia de boa vontade, rodeou em torno dos quadris, protegendo o hábito.

É a primeira vez na vida em que escrevo um diário, talvez porque queira deixar registrada essa nova etapa. A gente não pode confiar 100% na memória. Não me lembro de – deixa pra lá, estou fugindo do assunto que é: meu primeiro dia na sala de aula da universidade.

Estou acostumada a ler poesia, mas ouvir é diferente. Abri meu caderno com o emblema da universidade na capa e dediquei-me ao difícil mister de anotar em inglês, enquanto procurava lembrar como é aquilo em português. Na pressa, escrevi palavras esparsas – divina embriaguez, folia de gotas, cantando espantamos o escuro, frascos de sereno, o *pedigree* da abelha (não tem outra em português). Registrei por inteiro um poema-aforismo: O tempo é o teste da dor / Mas não o seu remédio. Tenho problema com dor. Jamais farei um poema com dor como tema. Na verdade, jamais farei um poema.

Rabisquei o atrevimento sucinto mais belo que conheço (precisei passar a limpo):
Para fazer uma campina, basta um trevo, uma abelha e fantasia; se as abelhas estiverem em falta, só a fantasia basta.

Começou meu apaixonamento – esta palavra existe? Se não existe, estou inventando – por Emily. A aula foi sobre Emily Dickinson, que até o momento eu desconhecia. A freira usava canetas de cores diversas, criando um outono na página. Gostei. Quando o professor fechava o livro que estava lendo, significava que a aula tinha acabado. A rapaziada se arremessou para a porta de saída, enquanto a freira aguardava, de pé. Quando o caminho ficou desimpedido, ela se virou para mim, suave: Vamos? Eu fui indo, observando que seu hábito cinzento, reto até o chão, estava incólume. Ela seguia deslizando, o que me parecia surpreendente pois se fosse eu, estaria tropeçando naquele mundo de pano. Ela parou e perguntou: Café?
Para mim, aquilo poderia ser o começo de uma conversa. Apresentei-me: sou brasileira, não recuso um café. Ao que ela respondeu: sou americana, também não. Foi minha introdução ao seu bom humor, que intuo vai perdurar. Ela aceitou que eu pagasse o café. Voto de pobreza? Tomamos o café em silêncio. Outro voto? Na verdade, fiquei aliviada, pois meus encontros anteriores com americanos sempre terminaram com minha classificação desfavorável como uma chicana. Por mais que eu tentasse explicar... E também

acho que a hora do cafezinho é sagrada, não é para a gente ficar conversando. Após o café, cada uma tomou seu rumo. Fui para a biblioteca, atrás de Emily.

OUTUBRO 5

Todo estudante tem direito a um compartimento privado na biblioteca, uma espécie de baia cercada por três paredes de madeira. Ideal para pesquisa. Passei todo o dia de hoje numa baia, lendo e fazendo anotações sobre a poesia de Emily. Miss Dickinson para eles. Aqui as pessoas são reconhecidas pelo sobrenome.
 Talvez meu inglês seja insuficiente para decifrar voos e mergulhos de Emily, mas para isso existe o dicionário. Fiquei pensando como é árdua a tarefa de um tradutor de Emily. Por exemplo, *I never saw a moor* seria Eu nunca vi um urzedo? E em *Because I could not stop for Death, He kindly stopped for me*, o que fazer se morte é feminino e *death*, masculino? E *to hear an Oriole sing* fica Ouvir um papa-figo cantar?
 Decidi que jamais serei uma tradutora de poesia. Tem certas coisas que só na língua original. Um sabiá não é um *oriole*.

OUTUBRO 7

De manhã estive novamente na baia. De repente notei que numa baia adiante escorria uma veste cinzenta. A freira estava lá. Em bibliotecas, graças a Deus, não se pode falar. Aguardei e quando percebi que ela estava se levantando fui até ela. Sobre a mesa estava um livro cuja capa mostrava uma mulher nuinha, com peitos à mostra e olhos fechados. Essa freira, pensei.

De fora, não me contive e perguntei o que era aquilo. Ela me lançou um olhar complacente e respondeu, curto: Cleópatra. Você está trabalhando com Antônio e Cleópatra, perguntei, para exibir que conhecia Shakespeare.

Não, na verdade – ela usa "na verdade" com frequência –, minha tese é sobre Flannery O'Connor (outra desconhecida).

Admito que estava perplexa. Ela deve ter percebido, pois assinalou com um dedo um banco. Sentadas sob uma árvore frondosa, ela começou: vou me apresentar. Meu nome é Aimina (assim eu entendi). Caretas. Ela sacou uma caneta vermelha e escreveu Imena. Freiras escolhem o nome que querem ter na Ordem. Com tanta Santa Tereza católica, por que ela foi escolher esse nome?

Imena é uma palavra árabe, quer dizer fé, explicou, adivinhando minha confusão. Ela revelou que amava as civilizações orientais, especialmente Egito, Marrocos e Arábia. Preferia Cleópatra a Joana d'Arc. Pensando bem, a pessoa que encontra uma freira que gosta de Cleópatra pelada, usa um cinturão com alças para canetas de diversas cores e maneja seu hábito como uma bailarina só pode ficar muda de espanto. Abri a boca para revelar que meu nome é Silvia. De selva, arrisquei, já sentindo o disparate entre Meca e Xingu.

Eu me sentia como uma ave depenada na selva imaginada. Não tinha mais assunto. Fiquei a ouvi-la falar de Marrakech, de chocolate e do olmo que vigia seu quarto. Fiz uma brincadeira, dizendo que ela era a *nun* de UNCLE, com canetas em vez de pistolas na cintura. Aí ela afagou minha mão, afago como nenhum outro em minha vida de silvícola. Como já estava quase na hora de irmos para a aula, me emprestou um livro de poemas de Emily, com diversos pedaços de papel marcando poemas para os quais ela chamava minha atenção. O livro era da biblioteca, não se pode rabiscar. Conversamos depois, sim?

OUTUBRO 10 (?)

Hoje de manhã fomos até o rio. O sol fulgurava. As árvores multicoloridas eram espelhadas na água. Esplendor. Percebi que aquele quadro não podia ser transmitido a alguém ausente por meio de palavras. Era necessário um pintor. Que coisa bela uma tela em branco, uma paleta com cores, um pincel, um par de olhos – um quadro impressionista.

Nós duas demos as mãos. Nossos dedos pressionavam nas palmas mensagem intensa. A pulsão correu até meu coração, que decifrou a mensagem. Fiquei num amolecimento, não havia o alarme pare! Mas, ao contrário, uma aquiescência, um langor, um estou-tão-feliz.

Caladas chegamos, caladas partimos. Fiquei saboreando Emily até agora, seguindo as direções que os papeizinhos me davam.

OUTUBRO – NO DIA SEGUINTE

No Brasil é costume as mulheres se cumprimentarem com beijinhos ou mesmo com o desperdício de barulhinhos de beijinhos. Aqui não. Mas tenho vontade de dar beijinho na irmã. O figurino dela não me inibe. O que sinto por ela é cândido e sincero. Nada de barulhinhos. Decidi devolver o livro de Emily com apenas uma página assinalada. Desejo que ela note o poema que começa:

A alma escolhe sua sociedade
Depois fecha a porta.

OUTUBRO 13

Voltamos ao rio. A tela impressionista nos acena. Mãos dadas outra vez. Depois do longo costumeiro silêncio, com a mão livre acaricio a parte livre de seu rosto. Ela acaricia o meu. É tão bom. Vagarosamente, mas com decisão, ela se aproxima e beija meu rosto. Retribuo. Nossos lábios se roçam. É tão bom. Era desejado, e o acontecimento superou o imaginado. Emily: Éden! Vem de mansinho.

Ao final ela me devolveu o livro de Emily com apenas uma página assinalada. Corro a ver, antes de a aula começar:

Diga toda a verdade – em modo oblíquo.

Entendo que é sua resposta para "fecha a porta". Emily está servindo de mensageira de mouros e cristãos. Imena quer fugir deste mundo de atrocidades e mediocridade e usa o hábito como uma carapuça que aparentemente lhe garante proteção. Não precisa temer minha ternura. Nem a dela. Modo oblíquo.

Fico paralisada, como uma tartaruga buscando sol. Entendo agora que este diário não serve só como arquivo morto, mas também para me fazer mais íntima de mim mesma. Aqui escrevo o que sinto, sem modo oblíquo. Ou será que escrever um diário já é um modo oblíquo de se expressar?

NOVEMBRO 3

O inverno chegou antes da hora. Flocos de neve caem como carícias.

O cenário mudou de comoção para quietude. A brancura se acumula nos galhos do pinheiro de mansinho. Sugestão de paz. Agasalho, chocolate quente, lareira.

NOVEMBRO 6

A neve era um tigre dormindo. O tigre acordou de noite. Furor de tempestade de neve. O dia amanheceu com a porta de saída bloqueada. Desirée e eu abrimos caminho com pá e enxada. É hoje que não vou conseguir ir à universidade. Experimentei pisar na neve acumulada: fofa, as botas enterravam até os joelhos. Desirée me deu uma carona. O carro dançava naquele mundo congelado.

Imena não apareceu. Enjaulada na prisão branca?

NOVEMBRO 8

Imena deixou um bilhete para mim na biblioteca, naquela letra miudinha: Mana muito doente em Baltimore. Vou consolar. Cunhado vem me buscar de carro. Fique em paz. Ficar em paz? Nesse tumulto? A mensagem só faltou dizer Não sei se vou voltar. Havia um P.S. P.S. Uma palavra para você, em português: bonita. A gente não deve ser oblíqua quando está de partida, minha querida.

DEZEMBRO 8

Um mês sem recorrer ao meu diário. Medo de botar no papel muita besteira? Meu desempenho na faculdade foi assim, assim. Tirei A em literatura medieval e Whitman & Dickinson e E em literatura do século XIX. Fui perguntar ao professor o que queria dizer E, uma vez que para mim as notas iam de A a D, e ele disse: você não registrou suas fontes. Para mim, minhas fontes eram os livros selecionados (a maioria chatos, aliás). Com a paciência devida a uma chicana ele mostrou as páginas finais do *paper* de alguém, listas de notas de referência. Fiquei numa sinuca, pois não tinha recorrido à opinião de ninguém, a não ser à minha. Essa autonomia/pretensão não é valorizada neste país. Quanto mais notas, melhor. Eu ia ter um trabalhão para buscar fontes para o que eu tinha deduzido sozinha. Pensei em inventar umas três fontes de mais de 600 páginas, em português, romeno e sérvio, mas logo vi que aquele professor ia se dar à pachorra de conferir a autenticidade daquelas fontes. Preferi ficar com E naquele *paper* e nos próximos me ocupar em montar listas de notas, em vez de me ocupar em decifrar os escritos de outro século.

O E e tudo mais não tiveram importância, depois que a bibliotecária me passou uma encomenda vinda de Baltimore. Era um livrinho 12 x 8 (fui medir) com flores na capa e o título *Fontes de alegria*. No canto, em letras menores: Agostinho, Shakespeare, Goethe, Mozart, Newman. Acabamento em espiral.

Abri, tinha sido colada uma estampa de uma onda gigantesca com um monte com o pico coberto de neve, uma gravura japonesa que eu conhecia e admirava. Embaixo: Da biblioteca de. Preenchido com a letrinha de Imena: Silvia Loureiro. Virei a página. Tum-tum-tum. Na letrinha minúscula, agora já amada: Para Silvia, com amor e *remembrance* (ela queria dizer saudade, mas em inglês não existe essa palavra), *Nun from UNCLE*.

Ou seja, ela não esclareceu seu nome, só a camuflagem do apelido. O livrinho contém desenhos de flores, um deles revelador: duas flores abertas, uma vermelha e outra roxa, um botão entreaberto e três botões fechados. Legenda de Shakespeare: Como são pobres os que não têm paciência! Com ponto de exclamação (mensagem para mim, achei). Em outra ilustração, uma flor grande e outra menor, ambas vermelhas, com a legenda: uma lembrança feliz nessa terra talvez seja mais verdadeira do que a felicidade. Confesso que tirei E nesse pensamento de Musset. Nada mais verdadeiro do que uma felicidade agora. Nota: Loureiro, S. *Felicidade agora*. Editora, data, página etc.

Os textos são, na maioria, estímulos para que a leitora reconheça e invoque Deus, e ouça a música da vida.

Minha mão está trêmula, porque estou abalada. Reconheço nela uma disciplina – escolheu o livrinho, escolheu e colou o frontispício, escolheu a dedicatória, sabendo, acho, que me alcançaria. Ou atingiria, não sei. Mandou flores, escreveu bonita, mandou a agitação de uma onda de maremoto. Escrevo para mim mesma uma vingança, a tradução de *Nun from UNCLE*, Irmã de T.I.O. Esse é meu receio, não sabendo em que atirar, por discordância matar algum coelho desavisado.

Vou deixar o tumulto se aplicar – o tempo alivia a dor, aprendi com Emily. Paciência, paciência.

DEZEMBRO 14

Está chegando o Natal. Lembro o simulacro de pinheiro com neve, feito com algodão. E o fatídico *jingle bell*, que foi concluído com acabou o papel.

Fui saber mais sobre Musset, que recomendava que ficássemos nas recordações agradáveis. Descobri que o pobre tentou ter uma recordação agradável justo com George

Sand, uma mulher que se apresentava com esse pseudônimo que, se não me engano, foi amante de Chopin. Será que esses dois artistas conseguiram decifrar George? Ou será que por causa dela criaram romances e prelúdios?

Usei o endereço de Baltimore que acompanhava o livrinho para mandar uma carta-retaliação a minha esfíngica amiga. Despeitada, dirigi a carta a *Nun from UNCLE*. Continha uma série de perguntas a miss X, escondida atrás da irmã Imena e da freira de UNCLE. Todas buscando esclarecer o que tinha se passado antes e estava se passando agora. Fazendo votos (oh, mesquinha) para que ela se sentisse solitária e triste longe de sua bonita, como eu me sentia dela. Por que não se apresentou para se despedir ao vivo? Por que, em vez de escrever uma carta chorosa, mandou sua mensagem através do livrinho? Isso correspondia, talvez, a sua obliquidade.

Colei o selo no envelope e o joguei na caixa de correio.

JANEIRO 10

O frio tem sido terrível. Aqui as pessoas ficam espiando no termômetro para saber quanto negativos está. Acho muito melancólico a gente colocar casacão, touca, cachecol, luvas, botas de cano alto para andar do carro até o *hall* e lá dentro tirar tudo, por causa do aquecimento. O aquecimento preserva meu nariz, sempre a ponto de se desfazer de frio. Mas acho um sinal dos tempos passar de um frio natural para

um calor artificial. Eles não. Aquele antropólogo escreveu que os trópicos são tristes. Hum.
Passaram o Natal e o Ano-Novo. Épocas de convivência. Desirée foi para Nova Orleans. Nevou, nevou. Não saí e não limpei sozinha a entrada da casa. Finalmente, chegou carta de Baltimore. Estava há uma semana na biblioteca, que estava de férias.
Abri na baia. Miss Loureiro.
(Como?)
Quem lhe escreve é Judy, irmã de Carol.
(Quem será Carol, meu Deus?)
Sua carta chegou aqui, mas Carol não está. Estou escrevendo com algumas informações que talvez você esteja aguardando.
(??)
Carol não é mais irmã Imena. Ela deixou a Ordem.
(Hem???)
Ela resolveu se dedicar ao ensino. Recebeu um convite da Califórnia e aceitou. Ela mudou, mas não comunicou o novo endereço. Sempre foi assim. Quando ela aparecer – há de aparecer – entrego a sua carta, que evidentemente permanece intocada.
Carol me falava muito de você. Minha filhinha recémnascida tem seu nome, a pedido de Carol. Nossa Silvia é um amor.
(Carol, Carol)
Com melhores votos, Judy McNeil.
Depois de me recuperar do choque, colei a carta aqui.

Talvez eu escreva para Judy, mandando meu endereço e pedindo uma foto de Silvinha.

O que mais quero é que Carol esteja ao meu lado, quando o primeiro *dandelion* romper o gelo, anunciando a primavera.

A Grande Autora e sua escudeira

Eu não preciso me "entender".
Que eu vagamente
me sinta já me basta.

– Clarice Lispector

A jovem editora (doravante chamada Nossa Jovem) ia relembrando os fatos que antecederam aquela viagem de carro. Circulava nos meios editoriais que a Grande Autora – então conhecida como A Monstra, porque só era compreendida e apreciada por poucos – ou seja, não vendia e destratava quem a publicava – estava em apuros. Suas editoras não cogitavam reeditar seus incompreensíveis livros. A revista de grande tiragem que a contratara para uma coluna semanal a tinha despedido porque sua presença não beneficia as vendas tanto como a psicóloga que dava conselhos às mal-amadas. Muitas mulheres só compravam a revista para lê-los. Refletia Nossa Jovem, tal notável escritora (estava entre seus fiéis leitores) não merecia ficar naquele miserê.

Propôs ao diretor (um estafermo pomposo, na função porque o pai era o proprietário) que editasse uma coletânea dos textos da Grande Autora publicados na desistente revista. Imediatamente o furibundo levantou os problemas de copyright (o inglês dominava nas editoras brasileiras). Deixe comigo, aventurou Nossa Jovem.

Conseguiu uma audiência com o advogado da revista, embora julgasse que se tratava de assunto entre editorias. Esse, como típicos advogados vinculados à empresa, apresentou-se de terno e gravata, anel no anular e bigode bem aparado. Foi logo levantando a questão do copyright. O copyright dos textos da autora é da revista.

Com uma argúcia digna de Ulisses, Nossa Jovem ponderou que o material não interessava à revista e que estava propondo uma cessão para o fim exclusivo de publicar uma coletânea que provavelmente se chamaria "Diário de uma louca", sem ônus para a revista.

E mais, nos press releases (inglês...) constaria sempre o nome da revista, que receberia essa propaganda sem ônus. O advogado sentiu que teria percalços e aporrinhações com aquela intrometida de rabo de cavalo e se mostrou convencido pelos sem ônus. Nossa Jovem apresentou um contrato de cessão, que ele assinou. Restaria agora persuadir o diretor de que a operação era um bom negócio.

Dificilmente o diretor concordaria com um adiantamento. Estava acostumado com a situação normal do autor, de ter que esperar que o livro fosse publicado e após seis meses receber uma percentagem mínima do arrecadado com as vendas.

Nossa Jovem mostrou-se firme e definitiva. A editora não teria que aguardar a entrega dos originais, que estavam prontos; não teria que arcar com despesas com revisores, já que os textos tinham sido publicados; só seriam selecionados os textos mais vendáveis, sendo que meio caminho já estava trilhado, pois a revista não teria publicado textos lunáticos nem herméticos; sendo a própria Nossa Jovem encarregada da seleção, o trabalho já estava coberto por seu salário. Para ela era uma questão de coerência substituir essas não despesas pelo adiantamento à Grande Autora.

Chegando ao prédio da Grande Autora, Nossa Jovem dirigiu-se ao apartamento de que dispunha. Tocou a campainha duas vezes. Nada. Conferiu o número do apartamento. Era aquele mesmo. Tocou novamente. A porta se abriu. Apareceu uma mulher grandona, sem maquiagem, de roupão, com os cabelos revirados por um ciclope de um só olho. Entre. Deu as costas e retornou ao sofá onde estava. Nossa Jovem fechou a porta e rumou para uma poltrona vizinha. Entre o sofá e a poltrona jazia um cachorro que não protestou à intrusa. Parecia uma dessas cadelas bem velhas, que só querem ser deixadas em paz.

A Grande Autora tinha uma máquina de escrever sobre as coxas. Bateu o que pareceu a mesma tecla diversas vezes. Rasura? Nossa Jovem se manteve em silêncio, respeitosa.

A Grande Autora pegou uma garrafa térmica no sofá, encheu uma xícara de louça inglesa. Quer café? Não, obrigada. A Grande Autora não tirava os olhos do papel enquanto bebia. Depois colocou a xícara junto ao cachorro, que sorveu o café com gosto. A Grande Autora pegou um maço, também no sofá, acendeu um cigarro com um fósforo e passou a fumar. Passava minutos sem tragar, depois dava uma possante tragada e soltava a fumaça em pequenos jorros, como um pequeno vulcão recém-voltado à erupção.

Com o cigarro numa das mãos, continuava a bater com os dedos da outra mão. Finalmente, bateu cinco vezes – deviam ser quatro letras e um ponto. Fim. Colocou o cigarro ainda aceso junto ao focinho do cachorro, que passou a fumá-lo com gosto.

O que de espantoso viria agora, perguntava-se em silêncio respeitoso Nossa Jovem.

A Grande Autora colocou a máquina sobre o sofá e se ergueu. Uma deusa de roupão. Vou me trocar. Nossa Jovem ficou reparando no cachorro a seus pés, dormitando feliz. Passou a examinar os quadros na parede à frente. Não eram primitivos, nem pós-qualquer-coisa. Ela se deteve numa esfera amarela, um sol ou um girassol, que parecia regurgitar.

Tan-tan-tan! Reapareceu a Grande Autora. Tinha vestido uma blusa branca de mangas compridas, uma saia justa preta, bolsa e sapatos pretos. O rosto – bom Deus – estava marcado por uma boca pintada com um carmim exuberante e – céus – um dos olhos pesadamente maquiado de negro e o outro sem pintura alguma, o que lhe dava o aspecto de uma bruxa maléfica. Atrás ela regurgitava a esfera amarela. Para arrumar a juba, manteve o rebuliço ao redor da cabeça e modelou um topete que caía sobre a testa.

A Nossa Jovem não quis lembrar que estavam indo para a editora, para assinar o contrato. Lembrou da canção Marina você se pintou. A Grande Autora tinha o direito de modelar suas feições como bem quisesse.

Após a despedida do cachorro, saíram. Pelo retrovisor, o motorista reparou na estranha composição mas, como bom profissional, não moveu um músculo sequer. Durante o projeto, a Grande Autora pareceu viajar por dentro. De repente, em voz gutural, colocou: Um crítico elogiou minha sintaxe.

Com o olho mau (como vamos designar o supermaquiado), encarou a trêmula Nossa Jovem e disparou:
O que é sintaxe?
Pobre Jovem. Que sufoco. Como proceder? Será que a Grande Autora não sabia? Como explicar?
Trata da disposição das palavras na frase e das frases no discurso.
Hum.
Por exemplo, sujeito e predicado. O gato comeu o rato.
Balbuciava. Tem também complementos. Que podem ser agrupados em anacolutos (céus), polissíndetos (*mamma mia*). Por exemplo: o gato comeu o rato e a tarde caiu.
Hum.
Nossa Jovem se sentia mortificada, prestes a ser engolida pela bola amarela.
Silêncio atroz. Chegaram à editora. O motorista abriu a porta, reverente, para a Grande Autora. Nossa Jovem saltou pelo outro lado. Dentro da editora, numa ampla sala com várias pessoas em suas mesas, foram informadas de que o diretor as aguardava. Alhos e bugalhos, se maldisse Nossa Jovem: a porta onde estava escrito Diretor estava fechada. Abriu a porta, fez um sinal para a Grande Autora entrar. O diretor se ergueu, com a cara afiada com que diretores recebem alguém de importância.
Ao que devemos esta honra?

A Grande Autora, ainda de pé.
Tenho que assinar alguma coisa?
Sim, sim. Por favor.
Ela de pé. Ele retirou do lado da mesa um maço de papéis.
Tudo isso?
Uma via para a senhora, uma para nossa contabilidade...
Caneta! Ela estava irritada. O diretor não demonstrava surpresa com o par desigual de olhos. Assinou todas as vias, sem ler.
Aqui está.
A senhora não vai ler os textos que foram selecionados?
Nunca leio o que escrevo.
Pois não, pois não.
A remuneração?
Sim, sim.
Abriu a gaveta, retirou um cheque. O olho bom (sem maquiagem) examinou atentamente.
Que banco é esse?
É uma agência aqui pertinho, para comodidade de nossos autores.
Não é esse o valor combinado.
A Nossa Jovem queria esganar o bostinha do diretor.
Veja bem, aqui está a entrada. Quando o livro entrar na produção...
Quero tudo o que foi combinado agora. Minha participação termina aqui. Como o diretor estava aflito, mandou chamar o contador. O contador, meio calvo, óculos de fundo de garrafa, suor sobre o buço. Com licença. O diretor

sussurrou algo para o contador, que ensaiou um gesto desesperado, mas foi despachado por uma mão romana espalmada. Para a Grande Autora:

Só um minutinho.

Sorriso típico de só um minutinho. A Grande Autora sabia o que um minutinho significava.

Vou esperar sentada.

O tom como o da rainha da Alice, tragam-me a cabeça. Cruzou as pernas. Pernas robustas. Descruzou. A Nossa Jovem de pé, convertida em "uma funcionária".

Gostaria de um café.

Dois cafés!

Berrou o diretor que, na opinião da Nossa Jovem, estava a ponto de tirar as calças pela cabeça.

Nossa Jovem estremeceu. Na editora não havia cafeteira. Um funcionário buscava uma jarra térmica de café no botequim, para consumo dos funcionários. Para evitar o trauma de manter as xícaras usáveis, o diretor comprou copinhos descartáveis minúsculos. Os funcionários usavam dois de cada vez, para evitar queimaduras.

Também não tinham bandeja. Só se alguém fosse comprar uma no bazar, mas aí teria que pedir autorização à contabilidade, uma burocracia doida. Felizmente o diagramador ofereceu um cartão grosso para equilibrar os dois copinhos. Uma tremulicante funcionária depôs a *sui generis* combinação sobre a mesa e disparou. A Grande Autora alcançou como pôde o também tremelicante copinho, sorveu e imediatamente repôs sobre a mesa.

Está frio.

Nova Jovem, profetisa daquele embaraço, tinha calafrios de impotência. A Grande Autora retirou da bolsa um maço de cigarros, sacou um cigarro e ficou esperando o isqueiro para acendê-lo. O diretor não fumava. A Nossa Jovem se dirigiu a um revisor fumante e tomou uma caixa de fósforo emprestada. Não tinha cinzeiro! A Grande Autora batucava no dedo e a cinza caía no chão.

Séculos depois, o contador voltou, com um cheque. O diretor assinou, sem ler.

Aqui está!

A Grande Autora esperou que ele se dignasse a se levantar para lhe entregar. Examinou-o com cuidado e o colocou na bolsa. Levantou-se. Porte de Diana.

Até nunca mais.

Nossa Jovem ofereceu o carro.

Prefiro ir a pé.

Evidentemente a Grande Autora não estava acostumada com calçada estreita e esburacada. Seus saltos eram impróprios. Chegaram ao banco. Minúsculo. Fila. Pela primeira vez a Grande Autora pareceu sucumbir. Mas a Nossa Jovem se dirigiu a um subqualquer-coisa sentado a uma mesa, explicou que aquela senhora não podia entrar em fila. Ele foi chamar o chefe. Nossa Jovem aproveitou para surrupiar a cadeira dele, a única no local, onde a Grande Autora sentou. O chefe olhou para a Grande Autora como se estivessem vindo do Pinel, pegou o cheque e foi providenciar no guichê.

A produção do livro teve ainda duas sequelas, com as quais a Nossa Jovem teve que duelar. O título. De acordo com a Grande Autora, ficou sendo "O voo da libélula e outros escritos". A capa – o artista queria colocar uma libélula voando. Nossa Jovem optou por uma reprodução do quadro do sol / girassol, de autoria da Grande Autora.

Nossa Jovem, intrépida e indomável, conseguiu mais um feito: a ex-Monstra aceitou participar de um lançamento. Foram distribuídos às seções de literatura nos jornais e revistas sumários críticos, exaltando a importância da coletânea, que foram publicados, com a foto da capa. Anunciada a noite do lançamento.

No dia, Nossa Jovem arranjou cabeleireiro e modista para a Grande Autora. Foi maquiada e ficou deslumbrante. Ela estava feliz.

A senhora está linda!

Você é um amor.

O lançamento foi um sucesso, com grande presença de artistas e jornalistas. Até três membros da Academia de Letras compareceram, embora a Grande Autora não os reconhecesse.

Quando as repórteres a assediaram para entrevistas, disse: Não dou entrevista, falem com minha assistente. Referiu-se à Nossa Jovem.

Começaram a circular rumores sobre a natureza da relação entre as duas. Elas não se importaram. Nossa Jovem mudou-se para o apartamento da Grande Autora.

Nossa Jovem fez contatos com representantes do departamento de Letras das universidades, frisando que a Grande Autora tinha sido traduzida na França e nos Estados

Unidos – grande argumento para a adoção de seus livros no Brasil. Com a abertura do mercado universitário, as editoras decidiram reeditar ou tirar do limbo títulos anteriores. Nossa Jovem foi convidada para editar um número especial de prestigiada revista literária dedicado à Grande Autora. Remunerado! Ela comprou uma máquina de café expresso importada, fazendo deliciosos cafezinhos para a Grande Autora, enquanto ela tiquititava suas Memórias na máquina de escrever. Antes de sair, Nossa Jovem se despedia do sonolento cachorro, que nem se tocava, e beijava a Grande Autora, que se tocava.

Tchau, Bárbara.
Tchau, meu bem.
Tiquititaquetaque...

La Colorina

Houve passado,
Antes,
Em que eu sofria igual
Porém sendo mais nova.

– Renata Pallottini

Tenho dificuldade para dormir. Acostumei a dormir tarde. Logicamente, tenho dificuldade para acordar cedo. Mas ela diz que cedinho é melhor para a garganta. E sem dó começa a cacarejar.

A miséria faz com que a gente cometa atrocidades. Sem grana para pagar o aluguel, aceitei a sugestão de minha sobrinha de dividir o único quarto com outra mulher, desde que fosse limpa e honesta. Não me ocorreu acrescentar que não fosse cantora lírica. Ela ganha dinheiro cantando *Ave Maria* nos casamentos. Sonha ter um lugar no Municipal, cantando *Madame Butterfly*, para um obeso. Um dia surgiu uma oportunidade fantástica: fazer a dublagem de uma canção que uma menina de desenho cantava, passando o dedinho na água. Não foi aprovada. Lírica demais, disse o produtor. O lugar ficou para uma meninota que miava.

Está quase ultrapassando a fronteira em que ainda pode ser chamada de moça. Abusa das rodelas de pepino e dos cremes de abacate no rosto para preservar a cútis, inutilmente, a meu ver. Desde o princípio me tratou por você, enquanto para todo fim social sou uma idosa.

Hora das oitavas. Depois virão as escalas cromáticas. Vou levantar e tomar um café no copo no botequim. Sempre gostei de café no copo. É complicado me esquivar com a bengala das armadilhas da pedra portuguesa. Acho que não havia deficientes quando inventaram essa moda de cobrir as calçadas com pedaços destrambelhados de preto e branco. Eu costumava parar na banca de jornais para ler as manchetes presas nos pregadores de roupa. Agora desisti. Para ler desgraça pego meu exemplar esfalfado, como eu, do Inferno de Dante. Tudo que nossa consciência tem do mundo acaba quando a gente morre. Em italiano é tão mais bonito. Deixa eu ver. *Che tutta morta fia nostra conoscenza da quel punto che del futuro fia chiusa la porta.* Quanto mais poético, mais verdadeiro, disse alguém. Engraçado que me esqueço de quase tudo de que devo me lembrar no momento, hoje, mas não esqueço versos, letras de música e falas de peças de meu passado. *Chiusa*, palavra linda. Sei o que são falenas, endecha, cacete, quando queria dizer maçante, pacóvio, hoje babaca. Não cheguei a apreender exatamente o que quer dizer *rave*, sei que é uma barulheira insuportável. Nostalgia de outros tempos. Cai a tarde tristonha e serena, em macio e suave langor. Despertando no meu coração a saudade do primeiro amor!

O primeiro amor... O segundo... As folhas mortas...

Ué, a papelaria está aberta? Moça, por favor, que horas são? Nove e quinze! E eu achando que era cedo. Vamos ver o que os cartões na fachada dizem. É muito engraçado que as pessoas mandem mensagens que já estão escritas. Cada jura e promessa, mas nenhum suave langor.

Tomar o café de pé, como se fosse cachaça. Mais um, por favor. Forte, por favor. Tudo errado, eu sei. Na minha idade tem que ser descafeinado, desnatado, desgostoso. Voltar para casa, capengando. Malditas pedras portuguesas. Não posso levar tombo, senão, osteoporose. Dorô está de bóbis. O nome dela é Doroteia. Ela se intitula Dorô, porque acha mais sexy.

Eu queria que a chegada a casa, minha casa, fosse uma volta silenciosa ao lugar das confidências, como um prelúdio de Chopin. Mas fico rancorosa ao encontrar bóbis e uma gueixa naquela rechonchuda gemente. Um incenso cansativo consome meu único aposento. Sinto-me só. A solidão é uma forma discreta de ressentimento. Ela percebe minha, digamos, indisposição. É solícita, quer um café? Quando não estou neurótica, ela até que é simpática. Deixo-me arriar no guincho da poltrona. Calada. Ela vai diluviar um sermão, já sei. Ela acha que sou, digamos, desagradável. Me dá conselhos zens. Paciência, doçura, desprendimento. Ela mesma está ligada a um projeto de defesa dos direitos dos animais. Como Brigitte Bardot. Que petulância. No momento se concentra nos animais em extinção. Boto-cor-de-rosa. Mico-leão-dourado. Céus, você não vê que *eu* sou um animal em extinção?

Entendo que esse é o jeito que encontra de abrir espaço para uma aproximação. Se ao menos ela ficasse calada por um minuto. Como foi o passeio, o que me faz falta, o que pode fazer por mim. Que enjoo. Ignorando as ponderações sábias, tenho vontade de contar que vi cachorros fazendo cocô e pessoas recolhendo o cocô num saco de supermercado, vi uma velha retorcida numa cadeira de rodas empurrada por uma mulata disposta que retardava o passo para relancear as vitrines, vi outra velhinha com rodelas de ruge, o cabelo ralo, o olhar desmemoriado, tutelada por uma franzina de uniforme que falava no celular. Deus me livre de acabar assim. Minha sobrinha vê na televisão que este mundo vai ser dominado por robôs. Cada um mais horrendo que o outro. Todos são de ferro, babam e urram horrivelmente.

Não quero falar nada disso. Quero rejuvenescer, falar de minha estreia no teatro, quando fiz relativo sucesso, fazendo uma criada maliciosa. Sim, soube ser maliciosa, no teatro. Eu era bonitinha, jeitosa. Um dia, não saberia contar como, meu carro foi violentamente abocado por outro, virando um acordeão, eu dentro. Naquele tempo, não havia essas bolas de ar enormes que saltam e protegem o motorista. Fui de cara no vidro, estilhacei o rosto bonitinho e jeitoso. Na emergência o médico costurou como pôde ou sabia. Fiquei medonha. Ainda fiz mais duas operações de correção, mas perdi meu rosto para sempre. Até para o papel de Lady Macbeth fui recusada. Na verdade, a personagem de Shakespeare é cheia de entrelinhas, incapaz de tolerar sua própria maldade, mas não é fisicamente pavorosa.

Decidi me retirar do palco. Me afastei dos colegas por puro pudor. A gente carrega a feiura com vergonha. Passei a desfrutar o gozo e os calafrios da leitura. Aperfeiçoei meu conhecimento em línguas e passei a ler no original. Lia em numerosas visitas a livrarias. Fazia notas. Numa dessas é que copiei *Che tutta morta*. Lembro também que frisei Yeats, *A starlit or a moonlit dome disdains / All that man is, / All mere complexities, / The fury and the mire of human veins*. Fúria e lama nas veias.

Depois de um certo tempo, verifiquei que os poemas que me atraíam eram desesperados ou niilistas. Era urgente que eu me ocupasse de minhas meras complexidades, como ter o que comer – bem, ganhar dinheiro.

Escolhi fazer tradução, primeiro porque poderia fazer em casa. Segundo, porque eu poderia consultar dicionários, não tendo mais que decorar nada. Recebi uma história de um detetive chinês, uma bomba, pela qual ganhei uma titica.

Foi aí que Dorô entrou. Ela não demorou em esclarecer que arte no Brasil está indo pro brejo. Veja por mim. Veja a maldição que é ousar ser cantora lírica num país de embolada. Para entrar no coro dos ferradores ganha-se uma migalha e ninguém percebe sua extensão e timbre.

Ela chegou a tentar um coral. Por isso usava aquela cinta asfixiante, que reduzia seu tamanho de G para M, para parecer mais esbelta do que era. Não sei como conseguia respirar. Enfim, acabou desistindo, porque o coral contava com uma dúzia de participantes e não sobrava quase nada em dinheiro para ela.

Dorô sugeriu que eu entrasse para o ramo das dublagens, pois não é preciso mostrar o rosto, e tem trabalho à beça. Ela também estava à míngua, e abdicou finalmente do Municipal para uma baia com microfone, lendo falas. Por sorte, ela dublou personagens que gemiam ou urravam, espancadas ou apavoradas, que convinham à sua amplitude vocal.

Nesse novo ramo ninguém me conhecia, mas acho que meu rosto causava tal repulsa que só me davam para bruxas com guinchos infernais. Detestei.

Sou uma idosa e não sei responder se fracassei por causa do sistema ou se não tenho mesmo talento, apenas muita imaginação. Minha sobrinha diz que eu devia escrever histórias de detetive apimentadas, porque sou uma pimenta, ou então livros de autoajuda, os que mais vendem. Essa minha sobrinha é uma pândega.

Estou muito cansada. Nasci para ser pedra.

Pedra, qual nada. Meu corpo vive criando excrescências. Começou no pescoço. Hoje ando com uns penduricalhos que se agitam quando faço sim ou não. Os braços de um dia para outro criaram pelancas indóceis e despropositadas. As pernas não obedecem a comando. A boca foi arranhada com um pente. Entre as sobrancelhas grisalhas, sulcos mandam dizer que minha carranca está permanentemente fechada. Começou a cair neve não só em meus cabelos, mas em meu pentelho! Credo.

Dorô, incorporando uma ativista da paz, me adverte que preciso mudar meu jeito de viver. Sair, encontrar outras pessoas, sentir o ar fresco. Eu me desespero. Tudo que quero é ter um quarto só para mim, como a Virginia.

Para quê? Para sonhar. Sonhar o que não pode mais ser. Meu único romance teve como trilha sonora "Les fuilles mortes": *La mer efface sur la sable / les pás des amants désunis.*

Agora não quero ser um bagaço de minha primavera. Quero ser uma velha descabelada, tatuada, sempre fumando com uma bebida na mão, recitando meus poemas para outros bêbados, uma lenda. Quero ser um excesso. Queria ter transgredido. Quero ser *La Colorina*. Não sendo, fui falar com minha sobrinha. Ela amplia seus conhecimentos através da internet. Tinha acabado de ler um conselho dirigido a uma pessoa derrotada e chata – ela não usou a palavra, mas sei que é isso. Ela abriu o computador e leu: cada pensamento gera uma emoção e cada emoção mobiliza um circuito hormonal que terá impacto nos trilhões de células que formam o organismo. Viu, não pense bobagem. Respeite esses trilhões de células.

Expliquei que meus trilhões de células só pensavam em sair daquela gaiola em que estavam metidas. Com a imprudência dos jovens, minha sobrinha resolveu que a solução era eu encontrar um apartamento modesto, em bairro modesto, com dois quartos, um para mim, outro para a canária. Mal esbocei uma objeção, ela foi taxativa: procurando, acha.

Ela mesma recortou um anúncio de apartamento modesto em bairro modesto, com dois quartos. Lá fui eu, sendo pisoteada no ônibus, maldizendo meus sapatos fechados, saltando várias paradas adiante do número que buscava e lutando com minha bengala entre mendigos adormecidos ou drogados, vendedores de mercadorias piratas e mulheres jovens que intimavam uma esmola para comprar leite para o filho remelento. Finalmente cheguei ao prédio escolhido.

Por fora, não era modesto, era uma pocilga. Não tinha portaria. Um homem recostado no muro conversava com uma mulher que segurava uma sacola de supermercado. Virou-se e sem sair do lugar perguntou o que eu queria. Dei o número do apartamento, ele disse pode subir, está aberto. E se voltou para a mulher da sacola. O elevador tremelicava como folhas ao vento. Saí para um corredor imenso pontilhado de portas. Cheguei ao apartamento modesto. Realmente, a porta estava aberta. Tudo dentro era uma calamidade, faltavam tacos, as paredes descamadas, a janela emperrada. Nem valia a pena abrir, pois a vista era a área de um apartamento à frente, com fraldas dependuradas. Ali era a sala, imaginei, quase chorando. Agora era encontrar os dois quartos, objetivo maior de minha peregrinação. Nesse momento ouvi um ruído. Parecia uma coisa pesada caindo. Vinha do cômodo ao lado. Como num filme, me agarrei à parede e fechei os olhos. Sei que isso de nada adianta, mas nos filmes é assim. Ouvi a porta de entrada batendo. Nessas horas é que a gente sente a falta que um Santo Expedito faz. Um silêncio reinou, como costuma reinar. Decidi que a imobilidade era uma besteira, enchi-me de vacilante coragem e parti para a porta. Não resisti, espiei para o cômodo ao lado. Vi dois pés com sapatos esticados no chão. Sapatos de mulher. Disparei pela escada e deparei com o homem, agora afagando o braço livre da moça da sacola. La... la... da... da, balbuciei, apontando. Com visível desagrado, ele perguntou: e aí, gostou? No segundo seguinte, cenas terríveis atravessaram minha combalida mente:

um touro ferido por várias *banderillas* homicidas arremetia, as narinas dilatadas. *A las cinco de la tarde.* Corri para minha sobrinha. Com rugas trêmulas, contei o sucedido. Pedi asilo. Não tinha coragem de voltar para casa. O assassino podia ter me seguido. Bufando, ela disse: você pode dormir aí no sofá. Mas olhe, nada disso aconteceu. Não tem cadáver nem assassino. Confie em mim. Boa-noite. Tirei os malditos sapatos e me encolhi no sofá. Engraçado, senti falta da minha Dorô. Quem ia anunciar a manhã para mim?

Ciranda das sambalelês

Ó voz zelosa, que dobrada
Já sei que a flor de formosura
Será no fim dessa jornada.

– Gregório de Matos

Era uma vez sete mulheres de meia-idade. Tinha divorciada, tinha viúva, tinha solteirona, tinha uma que tinha um gato. Reuniam-se aos sábados, para um sarau de meio-dia. A casa tinha uma mesa enorme, de peroba maciça, que comportava as sete. Naquele sábado, quatro chegaram juntas, de carona com a Japa. Dalva chegou no seu fusca. Bitocas.

Toda vez a reunião começava com uma caipirinha de pitanga, preparada pela anfitriã. Havia um pé de pitanga no terreno. A anfitriã preparava uma caipirinha especial para cada conviva – com pouca vodca, com muita vodca, com muito e pouco gelo, mas sempre com abundante pitanga, uma raridade.

Reservava uma caipirinha a mais para Dedê, pois ela sempre repetia.

Naquele sábado, como sempre, o mulherio foi para a sala de estar, um lugar com sofá, poltronas, uma rede e um aparelho de som. Uma cópia de uma pintura de Van Gogh. Livros. Discos.

Beliscando a caipirinha, entre alguns suspiros, começou a sessão da leitura de poemas. Quem tinha um para ler, lia. A anfitriã principiou.

Pensei em trazer um poema de Emily Brontë, traduzido, claro. Vocês sabem quem foi Emily Brontë, não é?

Eu sei – manifestou-se Dalva, erguendo o dedo como numa sala de aula. – Foi aquela que escreveu uma história em que a mocinha morre e aparece chamando Ríclifi, Ríclifi... Teve um filme com aquele ator inglês...

Luciana começou a cofiar a cabeleira branca.

Sim – apressou-se em falar a anfitriã, conciliadora. – Mas como Emily, aliás, as três irmãs Brontë moravam na Inglaterra, ela usou imagens da natureza inglesa, para estabelecer a diferença entre amor e amizade num belo poema.

Silêncio.

Por exemplo, azevinho e...

O quê?!

Aquele enfeite de Natal – resmungou Luciana, aparentemente com ganas de enforcar as irmãs Brontë, a anfitriã, a idiota da Japa e o Papai Noel.

A anfitriã reconsiderou se devia ler o poema de Camões, que trouxera caso Emily Brontë fosse repudiada, logo no azevinho.

Bem...

Madames! A cozinheira se aproximou trazendo uma travessa com algo frito.

O que é?, perguntou Calu, a mais nova, que gostava de ser chamada pelo apelido.

É cação. Não tinha bacalhau para fazer bolinho, vai cação frito mesmo.

A cozinheira, de nome Lizabete, ficava um tanto despeitada por ter que fazer comida para aquela penca de desocupadas. Todo sábado.

E Dedê, que não chega? Quando quase todas as fatias tinham sido comidas, toca a campainha. Era Dedê. Quem vai ajudá-la a subir? Eu vou, prontificou-se Calu, a mais solícita. A casa era antiga, tinha uma escada considerável para subir até a varanda. Dedê usava bengala. Também era muito gorda, alta, míope. Não conseguiria subir sem auxílio.

Muitos minutos depois, quando os copos de caipirinha estavam vazios, chegaram as duas. Dedê quis comer pitanga no pé, explicou Calu, sentido-se culpada. Ela era muito frágil, pedia desculpa por tudo, era a tal que morava com uma gata.

Dedê cumprimentou as colegas efusivamente e se sentou na rede. Pronto, pensou Luciana, agora vamos ver quem a levanta daí. Luciana achava que tinha bom-senso, embora tivesse o projeto de abrir um restaurante que só serviria massas, sendo que a única massa seria espaguete, o molho é que mudaria. Ela sozinha ia fazer o espaguete e os vários molhos. Uma outra ficaria entretendo os fregueses enquanto aguardavam. Até aquele momento não tinha conseguido cooptar uma ajudante, que teria que trabalhar de graça, só pela satisfação de distrair o povo. Luciana tem cabelos brancos, parece ser a mais velha de todas, tem as rugas típicas de quem é casmurra. Detesta o nome, que o pai escolheu a partir de uma música. Mas entende bastante de árvores nativas.

A cozinheira trouxe mais filés de cação para Dedê, além de sua renovação de caipirinha. Houve certa atrapalhação, pois uma das mãos de Dedê segurava a bengala, e com a outra não conseguia equilibrar os aperitivos. Calu acudiu. Muito obrigada, minha flor.

Seguia-se uma sessão de dança. Depois de ser rejeitada a sugestão de Dedê para que fizessem um concurso de quem come mais azeitona.

Não tem azeitona, desculpou-se a anfitriã.

Músicas dançantes várias foram acionadas pela anfitriã. A esguia Ananda se prontificou a multiplicar os braços em seis e voltar as mãos para o forro, na melhor posição indiana. Ela na verdade se chamava Verônica, como todas a conheciam, mas um dia resolveu abandonar os filhos e se internar na Índia, de onde voltou com esse nome sânscrito – quer dizer felicidade, explicou – e passou a viver vendendo massagem indiana. Sendo que ela é bem bonita, refletiu a anfitriã. Mas essa dança não combina com baião.

A Japa adormeceu na poltrona, depois da caipirinha. Luciana, apesar do nome musical, se recusou a participar. Acho tudo um saco, pensou. Não é que a anfitriã a provocou, convocando-a a dançar um xaxado? Calu, que adora dançar, ganhou o troféu simbólico (um copo de pé) de melhor dançadora de frevo. Dedê ameaçou sair da rede para dançar de bengala mesmo, mas todas foram salvas pelo Tá na mesa! de Lizabete.

Antes de se dirigem à mesa, a anfitriã propôs que inovassem e que brincassem de Mil e uma noites: cada uma contaria uma história marcante e a melhor história seria escolhida. Ninguém vai ser decapitada?, perguntou a velhota, doida para azedar. Com aquela fome, foram poucas as risadas.

Depois de um indescritível arroz de polvo, seguido de um doce de coco, rumaram todas à sala, para as mil e uma noites. Menos Ananda, que se desculpou: tinha uma massagem. Japa retomou a poltrona onde já tinha até roncado. Começando, comandou a anfitriã, batendo palmas.

História de Calu, a frágil

Os acontecimentos que vou narrar se passaram comigo ou com a minha família.

Na casa de meus avós, na roça, chegou num dia um rádio de madeira, que só transmitia um programa do governo. Isso lá para os mil e trinta e tantos. A família se reunia em torno do aparelho, para ouvir. Assim que uma música anunciava que o programa ia começar, Pororoca, uma galinha de estimação, aparecia para participar. Ficava quietinha. Quando a música anunciava que o programa ia terminar, ela se retirava para o seu poleiro.

Uma prima que morava numa cidadezinha do interior era famosa por seu relacionamento estreito com os animais silvestres. Um dia, um amigo encontrou um rapaz que estava vendendo um papagaio no viaduto. O papagaio estava com as asas cortadas, coitadinho. Ele o levou para minha prima, que não só se penalizou como prometeu a si mesma que ia recuperá-lo. Para começar, não o prendeu com corrente, deixando-o livre para caminhar de um lado para outro (não tinha asas para voar, lembram?). Em vez de ensinar palavras em português para o aleijado, como todo mundo faz – café, bom-dia, palavrões etc., ela imitava os sons do bichinho. Cruác, ele fazia. Cruác, ela repetia. Depois de um tempo, as penas das asas cresceram e os dois tinham longos diálogos em papaioguês. Uma tarde, ele bateu asas e saiu voando. Ela sentiu alegria e tristeza ao mesmo tempo. De vez em quando, ele revoava sobre a casa dela. Nunca mais foi para o chão.

Agora eu. Estava aguardando o sinal avisar que eu poderia ir quando, sobre a faixa de pedestres, estava cambaleando uma barata. Uma barata, sim. Abriu o sinal, ela foi atravessando, sempre na faixa. Sempre tive nojo de barata, mas aquela me encheu de dó. Destino cruel, nem as baratas escapam!

História de Luciana, a malfadada

Por falar em destino cruel. Nessa cidadezinha do sul dos Estados Unidos moravam uma senhora bem chata e sua filha aleijada. A moça, que tinha um rosto bonitinho, tinha perdido uma perna e usava uma de pau. Monstruosa.

Essa mãe preferia fazer de conta que a filha era normal. O nome da filha era Joy, felicidade, em inglês. A moça tinha Ph.D. em Filosofia. Isso era um transtorno para a mãe, pois achava que não tinha condição de dizer aos outros Minha filha é filósofa. A moça não saía de casa, mas a mãe se referia a ela normalmente, filha isso, filha aquilo. A moça tinha um sentimento peculiar em relação à perna de pau, pois ela a tornava diferente dos circunstantes.

Um belo dia apareceu um vendedor de bíblia, que queria porque queria que a mãe comprasse uma. A mãe recusou de toda forma, mas acabou convidando o impertinente homem para jantar com as duas. Aquele negócio de ser boa.

Fala daqui, fala dali, o vendedor acabou convencendo a manquitola a sair com ele. Num celeiro ele pediu que ela demonstrasse como tirar e recolocar a perna de pau. A bobinha mostrou. Ele pegou a perna e foi embora. Ainda falou para ela que não acreditava em Deus. Ela ficou gritando Minha perna! Minha perna!

Acho que esta história é pior que a da barata. É um conto de Flannery O'Connor.

História de Dedê, a fulgente

Estou manca, sei. Mas não topo essas histórias de barata perdida e de perna roubada. Acho que a vida é para a gente ir sempre, mesmo mancando, na direção da alegria. Pois se Deus não fosse alegre, por que teria criado borboleta, joaninha e o gato da Calu?

Flufi, gata – esclareceu Calu.

Por isso vou contar uma história que me aconteceu, improvável mas possível, como o pernilongo.

Mesmo tendo apenas uns minguados, me meti a realizar um sonho antigo, de visitar as pirâmides no Egito. Cairo estava uma zona. O país estava saindo de uma guerra, não lembro com quem, e justo naquele momento estava reabrindo para turistas. Como sou loura de olhos claros, e como estava de jeans, penso, despertei fúrias ancestrais nas mulheres na rua, que gritavam impropérios em árabe e apontavam o indicador para mim. Não sabia se devia correr ou se ficava ali como Yoko diante dos Beatles. Preferi ficar impávida, como a Yoko, o que provou ser sábio, pois as mulheres tinham mais o que fazer, deram as costas e foram embora, ainda metralhando como araras loucas.

Com enorme dificuldade consegui comunicar a um rapaz da recepção que queria ir às pirâmides. Para ser sincera, só consegui quando fiz com os dedos um triângulo e oscilei como se estivesse andando de camelo. Abriram para o turismo, mas o pessoal só falava árabe. Havia um ônibus de uma excursão que eu, com o truque do triângulo e da corcova, adentrei, sorrindo. Andei no deserto o que me pareceu quilômetros até chegar a uma pirâmide. Lá já estava formada uma fila. Até no Egito, pensei. Evidentemente que não pesquei nada que o guia explicava e, como não tinha dinheiro para comprar um livro, limitei-me a ficar de quatro, como os outros, percorrendo uma espécie de túnel, com o traseiro farto de outro turista à minha frente. Não havia ar. Ar, ar, eu sem mãos para me abanar. Finalmente, chegamos a um espaço onde um dia houve algo que, soube depois, agora estava no museu. Eu, idiota, achava que ia ver Tutankamon e seus olhos maquiados.

De volta ao deserto quentíssimo, pensei que daria tudo por um sorvete. Ou uma água sem gás. A turma da excursão estava voltando para o ônibus. Sabe a hora em que a gente quer morrer? Que romântico, morrer à base de uma pirâmide. Aí me perguntei Cadê a esfinge? Já que era para morrer, preferia morrer aos pés da esfinge. Coloquei um lenço na cabeça e decidi caminhar até a enigmática. Estava tão doida de sensações que estava pronta para ser devorada por ela, e assim morrer e quem sabe conhecer o céu dos egípcios.

Chegando à esfinge, procurei os pés. Tinha lido que os pés guardavam um mistério qualquer. Quando ergui os olhos, avistei calças de homem e, mais acima, um homem louro, lindo, alto. Mais alto do que eu. Cabelos abundantes, o que adoro em homens. Ele cravou os olhos em mim, mirando especialmente minha boca. Posso argumentar que eu estava com fome, cansada, aturdida, prestes a ser devorada por uma figura mitológica, mas o fato é que, quando ele me beijou, achei natural e correspondi. Achei uma delícia. Não tem mais caipirinha?

Acabaram as pitangas, amiga.

Alguém comeu todas, lembrou Dalva.

OK. Ele me pegou pela mão, tomamos um táxi, ele se entendeu com o motorista, perguntou sobre o meu hotel, eu disse. No hotel, fomos revistados. Éramos revistados na saída e na entrada. Por causa da tal guerra. No quarto, depois do banheiro, fomos para a cama e transamos a noite toda. De arrepiar. De manhã, nos despedimos sem mais nem por quê, e nunca mais em minha vida tive uma transa tão formidável.

Seguiu-se um silêncio confundido entre as sambalelês. A anfitriã dirigiu-se a Dalva.

Dalva, quer contar sua história?

Prefiro que você conte a sua.

Regra fundamental da hospitalidade: primeiro as visitas, depois os donos da casa.

Tudo bem. Para minha história, pensei em uma modificação da narrativa do naufrágio de Crusoé e sua vida na ilha. Ao invés de encontrar um homem, ele encontra uma mulher.

Na certa para fazer comidinha para ele? – Dedê não se conteve.

Dedê! Não interrompi sua pornografia.

Pornografia?!? Em que século você vive, mulher?

Não se trata de século. Trata-se de uma ilha em que mulheres chatas que chegam atrasadas não têm permissão de entrar.

Ai, ai, gemeu mentalmente a anfitriã.

Pois na ilha a que me refiro há uma tabela: Proibido entrar mulher pudica, do século XVIII. Qual é o problema entre homem e homem?

Nã-nã. Debates são bem-vindos aqui. Mas briga de galos, ou melhor, de galinhas, não. Comportem-se.

Luciana se levantou, com ar de Francamente! Estou indo. Se a Japa não acordou, vou chamar um táxi.

Vou com você, disse Calu. Flufi ficou sozinha.

Dedê, inconformada com a suspensão do bate-boca, pediu:

Quem me ajuda a descer? Já vi que não vai ter prêmio mesmo.

A anfitriã teve que admitir que a ciranda tinha chegado ao fim. Retirou Dedê da rede, com considerável esforço. A Japa voltou da viagem da vodca e prontificou-se a arrebanhar a turma. Dalva seguiu sozinha em seu fusca.

Lá se foram todas, sem polvo, sem samba, sem poema, sem caipirinha, sem bitocas. Um bando de velhotas mudas, num sábado de sol.

A anfitriã voltou a casa de repente muito vazia, menos por Lizabete, que lavava a louça e comentou:

Eu, hem!

1840

Até o dia em que Deus condescender revelar o futuro ao homem, toda sabedoria humana estará contida em Aguardar e Ter Esperança.

– Alexandre Dumas

O assalto do mar

Dois olhos negros, dissimulados pela vegetação verde, espiam a rota desatinada da pequena nau. Vagalhões parecem determinados a tragar a embarcação, que oscila e temporariamente desaparece. O capitão deve estar bêbado, ou desavisado de que está prisioneiro do mar grosso do Boqueirão, devorador de barco.

Saia daí, patego! As milhas que separam a boca que emite o comando e os ouvidos do capitão supostamente o suprimem mas, inesperadamente, a nau dá uma guinada e toma o rumo inverso. Em pouco tempo encontra ondas dóceis, iça a vela branca e avança para noroeste.

Vai para o Remanso. Lá poderão desembarcar. A mulher desce da árvore e corre pelo mato, as melenas ondulando, os pés seguindo a trajetória da quase náufraga, a sensação de deleite experimentada ao passar rapidamente pelo ar ventoso.

A nau atraca longe da praia. A mulher avista uma frondosa sumaúma e se refugia entre suas raízes gigantescas. Depois do que lhe parece uma hora, em que acompanha atentamente os sinais polifônicos das formigas, um bote desce da nau.

Uma estranha tripulação

A distância, ela não consegue distinguir os ocupantes. Quando ficam próximos, na orla da praia, aparecem três homens robustos e, à proa, a figura imóvel de uma princesa. A princesa submete sem dó seu vestido extenso à salinidade da água, enquanto os homens se distribuem entre atracar e desembarcar três arcas. Estas são colocadas em um sítio escolhido pela princesa, não muito remoto, e naturalmente amuralhado por pedras de granito. A seguir, dá-se um bate-boca em que os homens sacodem as cabeças em discordância, finalmente encerrado com um sinal enérgico da princesa, apontando para a nau. Os marinheiros retomam o bote e deixam a princesa sozinha na praia entre as pedras.

Um encontro imprevisível

Quando o bote está se afastando, a mulher dos cabelos compridos resolve se aproximar da solitária, que está sentada em uma das arcas, chorando convulsivamente. E fedendo.

Como se usasse a camurça dos felinos, a bisbilhoteira acerca-se, quase matando de susto aquela que tinha escapado à fúria de Netuno. Meu Deus, grita a princesa, em francês. A visitante quer aplacá-la. Pode clamar em francês, minha governanta era francesa.

O confronto visual das duas é espantoso. A princesa traja um vestido exuberante, mangas bufantes, um corpete rendado com um decote atrevido, uma cinta larga de cetim e um cordão com um medalhão que vai até o começo dos seios. Na cabeça um melancólico ninho de plumas que, esmagado pelo aguaceiro, forma com os cabelos ondulados uma invulgar maçaroca. Está trêmula, a pobre princesa.

Diante dela um ser esquisito, bronzeado, com cabelos soltos até a cintura, calções enfiados nas pesadas botas e camisa. Olhar seguro de fera em frente a sua presa.

Olá.

A princesa balbucia algo que parece uma xingadela.

O ser esquisito é incisivo: você não pode continuar com essas roupas ensopadas. Vou buscar roupas secas para você. E não se mexa! Quero encontrar você exatamente onde está, nesta arca.

Profundo suspiro.

Finalmente a salvadora volta, com um repertório idêntico ao seu. O ser esquisito sorri ao ver que a princesa examina os novos trajes com desagrado. Sem explicações, a princesa descabelada é levada para uma casa estranha. Desaba numa esteira. De botas, pocilga na cabeça e tudo. A hospedeira se enternece. Quem será aquela mulher? Por que despachou a nau e ficou só, com três arcas?

Dorme, princesa, dorme seu sono calmo. Amanhã cedo, a primeira coisa será um banho no rio, pois vossa fedentina está ardida.

Primeira vez na mata

Sentindo-se incomodada com as botas e com o chapéu espúrio, além de não ter a cabeça apoiada em um travesseiro macio, a princesa desfaz-se em gestos que traduzem seu mal-estar ao acordar. O que lhe parece uma gritaria dos infernos (mas é apenas um bando de maitacas comemorando o surgir do dia) a põe definitivamente no grau de mau humor que acompanha a questão: o que estou fazendo aqui? Uma casa sem porta, sem cama, sem mesa. Pés dormentes nestas botas esdrúxulas. Uma fome de anteontem.

Antes que autocomiseração se instale, aceita a caneca com chá aromático que a hospedeira lhe oferece: macela.

Vamos combinar que, quando eu não souber como é uma palavra em francês, direi em português mesmo, aos poucos você vai aprendendo. Macela. Maitaca.

A hospedeira propõe uma rápida descida pela mata até o rio, onde vão se banhar. Em outra ocasião, vão passear sem pressa pela mata e desfrutá-la.

Hoje só tchum! E de volta, para conversarmos.

Difícil se contentar com um tchum! Gostoso ficar boiando, sentindo a água acariciar a pele nua. E tantos sons desconhecidos.

Mas a hospedeira é categórica: hoje só tchum! Temos que resolver o que fazer com aquelas arcas.

Após o tchum!, os cabelos da princesa se desatam. Como são belos, luzidios...

A princesa acorda de um devaneio. Enrola o corpo na manta e segue a coletora de macela.

Em casa, depois de se enxaguarem, noções sobre a vida na mata:

A bota é só para andar na mata, cheia de picão, urtiga e às vezes animais peçonhentos. Em casa, descalça, pois nada mais saudável do que pé na terra. Depois de comer o mamão, guarde as sementes, para a gente replantar.

Se recoste nesta almofada e vamos nos apresentar. Meu nome é Flora. Como você se chama?

A história de Haydée

Meu nome é Haydée.

Não é um nome comum, é? Você é de onde?

Sou filha do paxá de Melina, Ali Pax.

Você é grega, então?

Sim. Mas meu pai foi traído e deposto. Minha mãe e eu fomos entregues como escravas.

Homessa! Como você saiu dessa?

Edmond me comprou. Eu tinha 18 anos. E depois me libertou. Ele me colocou em apartamentos ricamente decorados em Paris. Tapetes, cortinas, divãs, almofadas. Três mulheres me serviam. Eu vestia calções de cetim com brocados. Ele me explicava que a sociedade parisiense não aceitava aqueles trajes. Comprou o que estava na moda, vestidos longos, chapéus com flores, corpetes, sapatos de couro. Com o tempo, admitiu que me amava.

Quem é este angelical Edmond?

Era. Morreu. Ele estava na nau, teve uma hemorragia, ficou cadavérico e morreu.

Pausa. Torrentes de lágrimas.

Você despachou o cadáver dele na nau? Por quê?

Para que ele seja enterrado em sua terra natal. Ele era um conde. O conde de Monte Cristo.

Certamente esse conde tinha bens. Eles estão nessas arcas?

Barras de ouro e diamantes.

Diacho! E você acha que os marinheiros vão direitinho para a terra natal do defunto e vão esperar pela cerimônia? Eles vão é jogar o cadáver no mar e voltar para cá, atrás das arcas. As três contêm o tesouro?

Uma contém nossas roupas.

Haydée, vamos tirar as arcas do tesouro daqui, antes que os brutos voltem. Não podemos arrastá-las, pois isso deixaria nossa trilha no caminho. Vou pensar. Já sei, vou pegar um bambu, cada uma de nós segura numa ponta e a arca vem dependurada, sem rastros. Coloque as botas. Vamos, condessa?

Camelando

Você tem certeza de que esta arca não contém bolas de chumbo?
Ai, ai, ai.
Vamos parar um pouquinho, para respirar.
AI! AI!
Condessa, ainda temos mais uma.
Não aguento mais.
Pois bem. Você fica em casa, ouvindo as aves cantar. Eu dou um jeito de levar a outra sozinha.

De escrava essa condessa não tem nada

Chegando a casa, procure uns saquinhos que estão atrás da vassoura. Coloque uma barra de ouro em cada saco. Quando eu chegar com os diamantes, vamos colocar em outros. Depois vamos enterrar em lugares que marcarmos.
Bom Deus! Ai, ai, ai.
Haydée, você quis ficar com o tesouro do conde. O conde quis vir para o Brasil, sei lá por quê.
Ele contava em vir para a capital, onde seria recebido na sua condição de conde e com o tempo se infiltrar entre os barões do café.
Não vou comentar. Ele não contava com morrer. Nem você.
Mais bom Deus e lágrimas.

Mas você não quer deixar as arcas para os marinheiros. Agora, seja coerente e termine o serviço. Sem muito ai, ai. Você ainda está em viagem. Você é muito rica. Vai tomar o rumo que quiser. Estou do seu lado.

Com meio bambu servindo de haste, Flora traz sozinha a arca com as pedras preciosas. Encontra a condessa dormindo, entre duas barras de ouro. Coitada – tempestade, fome, morte e burro de carga, em troca de um banho. Que descanse.

Abre a arca e começa a despejar diamantes nos saquinhos. Que sono!

A história do conde de Monte Cristo

Quando acorda revê a imensidade a ensacar. Está escurecendo. Acende uma vela. Aviva uns carvões, sobre eles coloca uma prancha de metal com pães velhos e a chaleira com água.

Contempla a inescrutável companheira adormecida, um anjo de botas. Acorda-a suavemente.

Depois que a dorminhoca come um pãozinho e toma um copo de chá, Flora suavemente explica: no escuro não poderemos enterrar o tesouro. E indaga: Pode me explicar essa barafunda toda?

Após um último gole de chá:

Quando conheci o conde, ele trazia no rosto as marcas da vida funesta que levara. Muito jovem, fora traído por quem julgava amigo e denunciado como bonapartista.

Isso significava?

Um grave defeito, pois Bonaparte era malquisto não só na França, mas em toda a Europa. E ele não era bonapartista.

Essa denúncia era falsa, então.

Sim, e sem ele entender por quê, foi encaminhado para a terrível prisão do Castelo d'If e enjaulado em uma masmorra, sozinho. Imagine o horror de ficar andando de um lado para outro, sem uma explicação, sem esperança, infinitamente.

Eu ficaria louca.

Ele quase ficou. Queria se matar. Mas um pequeno ruído mudou tudo.

...?

Parecia que atrás de sua cama alguma coisa era raspada. Ele deu um toque com os nós dos dedos. Nenhuma resposta. No outro dia, scracrch scracrch. Toc-toc-toc. Nenhuma resposta. Ele admitiu que estava ficando louco mesmo.

Mas após persistente atenção, um dia ele ouve uma voz fraquinha do outro lado da parede. Quem está aí? Número 34, responde, cauteloso. E aí? Número 27, respondem do outro lado da parede.

Quer dizer que os prisioneiros viraram números?

Sim. Mas a voz do outro lado começa a entabular conversas com meu amado Edmond e a estimulá-lo a cavucar a parede do seu lado.

Com o quê? As unhas?

O abade Faria (o vizinho) era muito engenhoso. Muito tempo na solidão de uma masmorra, talvez. Disse a Edmond para quebrar a jarra que o guarda lhe trazia e guardar o pedaço maior, devolvendo os demais. Assim começou o trabalho de construção de um túnel entre os prisioneiros. O abade ensinou muitas coisas ao jovem, história, ciência, línguas e até maneiras de um fidalgo. Sobretudo deu-lhe um fragmento de papel, datado de 1498, que continha, segundo assegurou, instruções para localizar o tesouro que havia sido enterrado na ilha de Monte Cristo.

E como Edmond virou conde de Monte Cristo?

O abade morreu e seu cadáver foi colocado em um saco, para ser enterrado no dia seguinte. À noite Edmond passou para a masmorra do abade, pelo túnel, trouxe o cadáver para sua masmorra e se enfiou no saco na masmorra do abade.

Essa ideia não foi do abade, foi do Edmond mesmo.

Que coisa espantosa! E como ele conseguiu se safar, uma vez que foi enterrado?

Sorriso tímido.

Ele descobriu que o cemitério da prisão era o oceano. Ele se desvencilhou do saco e foi nadando até a terra. Era um esplêndido nadador.

Enfim, ele foi até a ilha de Monte Cristo, encontrou o tesouro e se apresentou como conde? Bem audacioso. E sortudo.

Lastimavelmente, as lições do abade não conseguiram arrefecer o ódio que ele acumulou, nos anos de exílio, dos que tinham tramado contra ele. Dedicou-se a estilhaçar um por um, com requintes. Quando deu por finda sua vingança decidiu partir da Europa. O leme da nau estava com ele, pois os marinheiros não sabiam direito para onde íamos. Mas adoeceu, uma doença terrível. E aqui estou. Afago na mão.

Segunda vez na mata

Amanhece. Sorrisos de saudação. Ambas vestem a roupa de mata. Os saquinhos são distribuídos em caixas de bambu, parte do acervo de Flora. Nos fundos da casa, em um traçado de bambu, pá, foice e enxada. Flora escolhe algumas árvores, diz seus nomes e características, para que Haydée participe do local dos vários "cemitérios". Jequitibá, cedro, jacarandá, guapuruvu, pau-ferro. Para localizar a árvore escolhida, begônia, orquídea e bromélia nela instalada. Não lhe ocorrendo solução melhor, a ex-princesa admite que o tesouro seja distribuído pelo terreno. No carro de mão de madeira, as duas se ocupam em levar caixinhas para aqui e ali. Enxadadas abrem sulcos profundos, as caixinhas são enterradas, o terreno é alisado com a pá, matinho é plantado no lugar, o tronco e sua ocupante são devidamente memorizados. Acabaram os sacos. Haydée também está acabada. Não está afeita ao trabalho rural. Nem acostumada a um calor acentuado pelas botas e a blusa de manga comprida. Está prestes a emitir uma imprecação em sonoro francês quando a indômita Flora intima: vamos buscar nosso almoço.

Meu Deus, do que se trata agora?

Vão mata abaixo, rumo ao rio, mas se detêm em um local longínquo em relação ao local em que tinham se banhado. Flora retira de trás de uma pedra um puçá, tira as botas e as calças, as dá para Haydée, e adverte: não deixa o urso levar, hem?

Haydée sente ganas de esganar a companheira, incansável e ainda assim propensa a um gracejo. Como é detestável toda aquela eficiência! Ela não percebe que está por demais exausta e confusa? Observa Flora se esgueirar rio adentro e de repente arremessar o puçá. O almoço vem se debatendo enquanto Flora veda a abertura com suas garras. Desculpe, amigo, diz ao peixe. Mas o senhor já comeu hoje...

Apesar de Haydée demonstrar claramente sua indisposição, Flora não fica contrariada. A moça é fidalga, está no mato e tem mourejado desde que chegou. E a pobre nem sabe onde está. Prometendo que ia situá-la em breve, Flora defuma o peixe, temperando-o com o manjericão e a pimenta plantados por ela. Batiza o prato de *Le royal poisson de la comtesse*. A condessa adora, mas lastima não haver guardanapo.

Infância e adolescência de Flora

Não cheguei aqui por acaso. Foi minha escolha recolher-me à mata. Não conheci minha mãe. Ela faleceu após um parto malconduzido, como era comum. Meu pai se encarregou de minha formação. Ele era muito culto e sem problemas financeiros. Recebera polpuda herança e muitos sobrenomes do pai. Embora não fosse um conde. Coisa incomum na época, fez questão de me instruir nas letras, para o que contratou uma governanta francesa. Mademoiselle Jeanette me ensinou a ler e a escrever e me apresentou a autores clássicos, em francês claro, que muito me impressionaram. Homero, Tucídides, Sófocles. Ela me espicaçou com Madame Staël, uma libertária do início do século, e guardo até hoje a vontade de ler *Corinne*. Na penumbra do quarto, Mademoiselle me ensinou muitas outras coisas, todas deliciosas.

A situação no Brasil era caótica. Pedro I, o imperador, voltara para Portugal e renunciara para seu filho, que tinha então cinco anos. Rapidamente os remanescentes se dividiram entre os que queriam Pedro de volta e os que se intitulavam liberais, ou coisa assim, que preferiam esperar que o principezinho crescesse. Enquanto o tempo corria, várias rebeliões populares rebentaram pelo país todo. Tenho vaga lembrança desses episódios, porque meu pai era conselheiro imperial (de que lado estava, não sei) e a todo momento era atormentado com notícias desagradáveis. Essa confusão, parece, terminou quando o principezinho foi feito rei, aos 14 anos. Meu pai era lacônico, como convinha a um conselheiro, e pouco nos falávamos. Eu só falava em francês com ele, mas ele me pôs em contato com a língua portuguesa através do poeta Camões, o que fala de engenho e arte.

Meu pai faleceu e deixou-me de herança uma mansão em um bairro nobre da capital. Eu vivia trancada com aquele homem soturno e aquela protetora, digamos, expansiva. Raramente saía, e quando isso acontecia detestava aquelas mulheres fúteis e aqueles homens hipócritas de robissão.

Decidi procurar um lugar que não fosse uma metrópole no Brasil.

Quando dei com este cenário, tive a revelação: meu lugar é aqui.

A casa verde e torta

Cenário? Você se refere a uma mata? Como sobreviver aqui, não sendo um animal selvagem?

Recorrendo à argúcia, como o abade Faria. Inventar o que não está, mas existe. Para começar, tive a inspiração de fazer das próprias árvores os esteios da casa. Como as árvores não crescem formando quadriláteros exatos, achei sedutor morar numa casa torta. As paredes fiz no sistema que é conhecido como pau a pique. Bambu é atado com cipó formando vigas horizontais, que são atadas com barro. Tudo fornecido pela mata. Obtive pigmento verde, misturei a cal e pintei por fora e por dentro. Construí um pequeno fogão a lenha com chaminé para a fumaça escapar. Para entrar luz e ar, fiz uma janela, sustentada por uma vara, usei urucum para pintá-la de vermelho. Fazer o teto foi ainda mais trabalhoso. Fui e voltei bem longe para coletar sapê suficiente para o formato irregular da cobertura.

Fez tudo isso em seis dias?

Quem diria, a condessa sabe debochar.

Anos. Mas não desperdicei um só minuto de cada dia. Aprendi a fazer o que não sabia e realizei o que imaginei. Pela primeira vez, sem governanta, organizei meu dia a dia, particularizando as coisas de uso permanente de que eu iria necessitar, e as coisas de uso temporário, que eu precisaria repor regularmente. Quando estamos acostumados a encontrar tudo à mão, esta é uma tarefa titânica. Me sentei na casa vazia e me perguntei o que é indispensável para minha sobrevivência. Aí vi de quanta porcaria nos cercamos. Pergunta crucial: o que vou comer? Não suporto a ideia de assassinar um animal e ver seu sangue escorrer. Restava-me a hipótese de pescar e variar a forma de aprontar o peixe. Significava que tinha que plantar temperos, que não dão na mata. E o sal? Esse entrava na lista dos renováveis, como o açúcar e a farinha de trigo, que teria que comprar na cidade. Ou teria que aprender como extrair o sal marítimo. Está na minha lista de "a realizar". Fiz uma relação de compra inicial na cidade, a qual incluía ferramentas, lamparina, puçá, facão, colcha, farinha de trigo, sal, sacos, talheres, mesa pequena e tamborete, caneta, tinta, papel, caso eu quisesse escrever, e essa invenção crucial: o fósforo! No caminho até a cidade, localizei uma plantação, acho que espontânea, de mamona. Ela seria meu óleo para a lamparina. Colhi grande quantidade e já plantei as sementes aqui, para me poupar visitas.

Você não ficou parada um minuto?

Ao contrário. Você vai ver, quando estiver passeando na mata. Sentar debaixo de uma verdejante árvore, ficar quieta, ouvir o canto de um passarinho, sentir a brisa no corpo... E não vai vir nenhuma franciscana bimbalhando um sino. Hora do almoço, irmã! Se isso não é paz, me diga o que é.

Na laje

No caminho para o rio, Flora mostra árvores frutíferas que havia plantando – limoeiro e mamoeiro. Quando chegam ao rio, Flora explica que costuma atravessá-lo. Do outro lado, encontra uma árvore de noz-moscada. Os frutos caem no chão. Ela os recolhe e extrai as sementes, que precisam de dias para amadurecer. Tem-se que ralar a noz imediatamente, para aproveitar o sabor e o perfume.

Foi a francesa quem ensinou tudo isso?

Paciência, Flora, paciência. A moça é fidalga etc.

Não, foi um pescador. Às vezes ele fica saturado de só comer peixe e vem até a planta de noz-moscada. Uma ave rechonchuda, o macuco, adora comer frutos no chão. O pescador espera ele encher o bucho e nhec!, pega e leva uma ave temperada para casa.

Os pescadores comem caça?

Comem. Eles não usam garrucha. Cavam buracos fundos na mata, recobrem com ramos e folhas, de forma que o bicho não desconfie de nada. A paca ou a capivara vêm distraídas e bumba!, caem no buraco. Os caçadores os retiram e levam para assar, para alegria do pessoal.

Você não sente falta de um cabritinho assado com batatas numa taberna?

Não sinto falta do que não conheço. Estou é sentindo muita falta da água do rio. Vamos?

Despidas, com a alegria cândida de crianças, as duas se entregam ao sossego das águas. O abraço líquido não recebe resistência, e a bárbara e a estrangeira vão deslizando, macias, até o fim do mundo. A viagem foi interrompida por um ronco alto.

Saracura. Vamos saltitando sobre estas pedras até a laje. Lá poderemos descansar.

Flora ajuda Haydée a transpor as pedras. Haydée desconfia de que em algum momento possam descansar, mas finalmente chegam a uma laje lisa e larga. As duas se estiram, os corpos recebem as carícias do sol. Por trás dos olhos cerrados, passeiam cenários, ambos deleitosos, mas distintos.

Sensação de bênção. Mas têm que voltar. Galgam as pedras de volta, dão a última prova no rio e caminham, serelepes.

Uma tarde cor-de-rosa

Depois enxaguaram os corpos e as bastas cabeleiras, Flora estende uma colcha no chão e convida Haydée a se deitar. Ela se deita ao lado.

Vou mostrar algumas coisas que minha francesa ensinou.

Os dedos nodosos de Flora percorrem a pele de Haydée. Seus beijos são inclementes. Haydée fica aturdida, mas, pouco a pouco, ondula no ritmo louco. Flora percebe que o corpo de Haydée está cedendo ao chamado do seu. Provando que é sábio levar em conta o imprevisível, Haydée se abre. A tarde é cortada por um gemido plangente, rápido, descendente, que termina em suspiros trêmulos, aquiescentes.

Após mais lições, as duas se entregam a um merecido sono, abraçadas.

Bátega

No dia seguinte, quando vão para o esperado banho no rio, desaba uma queda de chuva forte que as recebe sem as mantas. Adoram que a água corra por seus corpos e faces. Sensação deliciosa, de entrega e posse, que as faz relutar voltar para o interior da casa verde torta.

As conchas da cortina bimbalham, afoitas. Flora fecha a janela.

Mariquita (o novo nome de Haydée, em função de seus silvos eróticos) pergunta: Por que na casa não tem porta?

Para que serve porta? Para deixar entrar ou sair. Minha cortina de conchas tem as mesmas funções, além de ser alegre, alegre como nenhuma porta pode ser. Portas são solenes, mal-agradecidas.

Ah. Ela me *bouleverse*. Mas amo esta mulher. Inopinada como chegou, a pancada de chuva se foi. Bátegas são assim.

Já pensou se a chuvarada durasse um dia sem parar? Essa é uma lição da natureza: o que é muito intenso é breve.

A calmaria não deixa a nau se mover.

Com um ar maroto: Que tal uma bátega? Hem? Uma bategazinha?

Flora, sossegue...

Calmaria

Assim vão passando os dias, Flora pragmática, Mariquita atenta.

Queimam as arcas para fazer carvão, que é devidamente ensacado e resguardado.

As duas percorrem a extravagante mata de mãos dadas, prestando atenção nas novidades. Uma bromélia espicha uma lança vermelha, uma orquídea debulha pequenas flores brancas com fios dourados, que parecem a Mariquita um brocado.

Quando faz sol demais, carregam grandes folhas de embaúba, como sombrinhas, até o rio.

O rio parece não conhecer tormento, segue sereno em sua função de não terminar. Sôbolos rios, um poema de Camões, lembra Flora. Mas não sei como é sôbolos em francês. Na verdade, nem português. Sei que ficavam na Babilônia.

Mariquita aprende como tirar óleo da mamona. Torre, soque, ferva até o óleo soltar, ferva até o líquido evaporar: o que sobra é o óleo. Muito sofre quem padece, diria a Mariquita se pensasse em português.

A passarada toca suas flautas. O sabiá parece que decorou uma só melodia, que repete incessantemente. De repente, um gavião anuncia com um grito tenebroso sua chegada. As passarinhas se assanham, temendo por seus filhotes. Com toda razão. Num voo fulminante, o gavião sequestra um filhote, que vai devorar adiante.

Essa crueza abala Mariquita. Flora procura distraí-la com as enormes teias de aranha. As aranhas estão permanentemente paradas. Ao contrário das formigas, cujo disse me disse é constante.

Preste atenção na distribuição caprichosa dos raios de sol. Numa mesma árvore, algumas folhas são iluminadas, outras não. Mas isso não é motivo de padecimento. Depois alterna.

Anunciando a chegada da noite, cigarras explodem.

Nas noites particularmente estreladas, as duas levam as esteiras para fora e adormecem à luz trêmula das estrelas. Antes de adormecer, dizem uma mesma palavra: Amada. E dormem abraçadas.

Gaviões do mar

Numa tarde, sem mais nem menos, Flora observa que uma embarcação está se aproximando. As duas têm evitado o mar exatamente para não ficarem expostas.

Dois ocupantes do barco começam a subir, em direção a casa. Flora corre a Mariquita e a embute debaixo da pequena mesa, cobre-a com a colcha e coloca tinteiro e pena sobre o tampo. Depois fica vagando pelo terreno, alheia. Os visitantes se acercam e se dirigem a ela em francês. Flora faz a cara estúpida de quem não entende. Os homens insistem, fazem o contorno de mulher, dizendo *dame, dame*. Flora tem uma inspiração, diz *dame*, segura um dos homens pelo braço e diz policia, policia e simula que está arrastando o homem. *Police, police* exclamam os gajos. Flora faz dois com os dedos, os homens eram dois policiais, e Flora acena que eles levaram a *dame* presa para longe. Os homens se dão por satisfeitos, voltam ao barco e partem para *la bas*, como ela indicou.

Flora aguarda um tempo e vai liberar Mariquita que, por medo, tinha voltado a ser condessa.

A partida

Chegou a hora de ir à cidade, comprar coisas faltantes. Velas, farinha de trigo, um novo puçá, que um peixe dentuço

tinha destruído o outro, fósforos, colcha, que a existente estava um farrapo, cal para a retrete, sacos de algodão, tinta para escrever.
    Flora olhou profundamente para Haydée. Você quer ir? Como? Com esses trajes? Guardei o vestido com que você chegou. Lavei, dobrei e escondi. Você pode ir com ele e até comprar outros para você, se quiser. Conheço um barqueiro, que pode levar você. Ele pode trazer as compras, é de confiança. Eu não me sentiria bem deixando você sozinha aqui. Antes de mais nada, troque as barras em moedas.
    Haydée fica pensativa uns dias. Finalmente decide: iria. Flora vai contratar o barqueiro. Haydée coloca alguns saquinhos debaixo do vestido. Flora não vai se despedir junto à praia. Despede-se com um abraço apertado e um beijo sentido no rosto. Não se esqueça de mim.

Em tão curta vida, tão longa esperança

Por vários intermináveis dias, Flora vasculha o oceano. Nenhum sinal de embarcação.
    Pelo menos o barqueiro podia chegar. Ia ficar sem fósforo. Sem puçá.
    Pela primeira vez é tomada por um sentimento excruciante: saudade. O lamento da pomba amargosa nunca tinha sido tão rouco.
    Todas as coisas comezinhas vão perdendo o sentido. Pela primeira vez se sente só.

Resolve recorrer a Camões, que trata dos desmandos do amor.

> Quando vos eu via
> Esse bem lograva
> A vida estimava
> Mais então vivia,
> Porque vos servia
> Só para vos ver.
> Já que vos não vejo.
> Para que é viver?

Autônomos, os pés de Flora se dirigem para a praia, como se a proximidade do mar tornasse mais próxima a presença desejada. Surpreendentemente, um barco se aproxima. Mas não é o barco que levou a condessa. Este tem uma cabine. Ansiosa, Flora vai em sua direção. Quando já pode tocá-lo, ergue-se uma jovem vestindo calções de cetim decorados com paetês. Na cabeça, uma touca turca. O coração de Flora dispara.

Mariquita minha!

Voltei, amada!

A casa verde torta acolhe duas díspares que se amam.

Este livro foi composto em tipologia Berkley, corpo 12/17,4,
e impresso em papel Chamois, em 2012, nas oficinas da Stamppa,
para a Editora Rocco.